Arne Blum

Ein Weihnachtsschwein sieht rosa

Buch

Seit Marks Mutter gestorben ist, spricht der Achtjährige kaum noch. Sein Vater Christoph, bei dem es auch beruflich gerade nicht besonders gut läuft, ist hilflos. Gemeinsam mit Mark zieht er sich in ein altes Haus der Familie mitten in der ländlichen Einöde zurück. Er hofft, den Jungen hier wieder zum Sprechen zu bringen. Als eines Morgens ein zahmes Schwein auf dem schneebedeckten Hof steht, blüht Mark förmlich auf. Er ist überzeugt, dass seine Mutter ihm das anhängliche Tier vom Himmel aus geschickt hat, und tauft es auf den Namen Rosa.

Doch dann tauchen zwei unheimliche Männer auf, und am nächsten Tag ist die Sau verschwunden. Für Mark steht fest: Rosa wurde entführt. Weihnachten steht vor der Tür, und Mark wünscht sich nichts sehnlicher, als Rosa wiederzufinden. Zusammen mit seinem Vater und Leonie, der wahren Besitzerin des Tiers, macht Mark sich auf die Suche nach dem Weihnachtsschwein. Werden Mark und seine tierische Freundin am Heiligabend wieder vereint sein?

Autor

Arne Blum ist seit Jahren in der Verlagsbranche tätig und schreibt erfolgreiche Kriminalromane. Seine Schweinekrimireihe um die kluge Ermittlerin Kim mit der unfehlbaren Spürnase machte ihn nicht nur zu einem bekennenden Freund aller Schweine, sondern veranlasste ihn auch, ein Pseudonym für diese andere Seite in seinem kreativen Schaffen zu wählen.

Saubande (37479)– Rampensau (37812) –
Schöne Sauerei (Limes, geb. Ausgabe, 2614)

Arne Blum

Ein Weihnachts-schwein sieht rosa

Von einem Hausschwein,
das auszog, Glück zu bringen

Roman

blanvalet

MIX
Papier aus verantwortungsvollen Quellen
FSC® C014496

Verlagsgruppe Random House FSC® N001967
Das FSC®-zertifizierte Papier *Holmen Book Cream* für dieses Buch
liefert Holmen Paper, Hallstavik, Schweden.

2. Auflage
Deutsche Originalausgabe November 2013
bei Blanvalet, einem Unternehmen der
Verlagsgruppe Random House GmbH, München
Dieses Werk wurde vermittelt durch die Literarische Agentur Thomas
Schlück GmbH, 30827 Garbsen.
Umschlaggestaltung: www.buerosued.de
Umschlagmotiv: Getty Images/Tatsuhiko Sawada
Redaktion: Gisela Klemt
Herstellung: Sabine Müller
Satz: Uhl + Massopust, Aalen
Druck und Bindung: GGP Media GmbH, Pößneck
Printed in Germany
ISBN: 978-3-442-38213-2

www.blanvalet.de

1

Das alte Haus aus roten Backsteinen stand mitten im Wald. Es sei ideal, um dort am Wochenende auszuspannen, hatte Anna gemeint, als sie es kaufte. Auf der Wiese hinter dem Haus könne man eine Schaukel und ein Fußballtor aufstellen, dann könne Mark auch Freunde einladen, und im Schuppen ließen sich wunderbar Gartengeräte und Vorräte unterstellen.

Christoph hatte Mühe gehabt, sich von Annas Begeisterung anstecken zu lassen. Für ihn war das Haus eine Ruine gewesen. Doch sie hatte sich gleich an die Arbeit gemacht. Hatte das Dach neu decken lassen und einen Elektriker aus dem Dorf engagiert, der die Stromleitungen erneuerte, und dann hatte sie selbst einen groben Pinsel in die Hand genommen, um die Küche, das Bad mit der alten vierfüßigen Wanne und die vier Räume, die sich auf zwei Etagen verteilten, weiß zu streichen. Wenn er nun daran dachte, beschlich ihn Wehmut. Wie gesund und tatkräftig Anna ausgesehen hatte – Sommersprossen im Gesicht und das blonde Haar mit einem alten Tuch zurückgebunden.

Damals waren seine Geschäfte noch gut gelaufen – sechzehn Angestellte in einer florierenden Werbeagentur, die sich mehr und mehr auf online-Marketing konzentriert hatte. In einer Fachzeitschrift war Christoph Lepper sogar als »Werber des Jahres« bezeichnet worden.

Wie lange war das her?

Nicht mehr als achtzehn Monate.

Christoph hatte nie herausgefunden, ob Anna schon damals wusste, dass sie todkrank war. Eine besonders aggressive Form von Leukämie. Er hatte sie auch nie danach gefragt, obwohl er die Wahrheit ahnte. Das Haus sollte eine Art Vermächtnis werden – ein verwunschenes, baufälliges Haus, das sie nach ihren Vorstellungen umgestaltete und einrichtete. An dem Kamin hatte sie selbst eine Mauer eingezogen, aber da war ihr die Arbeit schon schwergefallen.

Was konnte eine fünfunddreißigjährige Frau Schöneres hinterlassen als ein altes Haus, in dem sich ihr Charakter widerspiegelte?

Er drehte sich um und blickte zum Rücksitz. War Mark eingeschlafen? Nein, er starrte traurig aus dem Fenster. Das Buch, das Christoph ihm in die Hand gedrückt hatte, lag auf seinem Schoß – offenbar hatte er es nicht angerührt. Auch seinen Gameboy beachtete er nicht.

»Wir sind gleich da«, sagte Christoph, als müsse er seinen Sohn beruhigen.

Mark blickte kurz auf, sagte aber nichts.

»Erinnerst du dich noch an die Rehe, die fast bis ans Haus gelaufen sind? Anna hat …« Christoph brach ab. Er spürte einen Kloß im Hals. Kinder überwinden einen Verlust eher als Erwachsene, hatte Robert, sein bester

Freund und Arzt, ihm erklärt. Für Mark schien diese Aussage jedoch nicht zu gelten. Annas Beerdigung lag nun neun Wochen zurück, aber Mark hatte sich immer noch in sein Schneckenhaus zurückgezogen. Er ging zwar wieder zur Schule, er machte sogar ordentlich seine Hausaufgaben, aber alles bedrückt und gedämpft, als würde er durch einen Nebel waten, den nur er sah.

Christophs Versuche, Annas Tod zu erklären, waren auch vergeblich gewesen. Solche Sätze wie: Deine Mama schaut vom Himmel herunter und passt auf dich auf, brachte er nicht über die Lippen. Außerdem hatte Anna zuletzt sehr schwach und ausgelaugt ausgesehen. Auch Mark hatte es das Herz zerrissen, seine Mutter so leidend zu erleben. Was Leiden bedeutete, konnte auch ein Achtjähriger verstehen.

Gestern hatten die Weihnachtsferien begonnen. Das Wochenende wollten sie in dem alten Haus verbringen, dann würden sie zu Annas Eltern fahren, um dort Weihnachten zu feiern.

Leichter Schneefall setzte ein, als Christoph von der Bundesstraße abbog. Nun kam nur noch ein Gehöft, dann ein langer dunkler Kilometer durch den Wald, und sie hatten das Haus erreicht.

Er blickte noch einmal zu Mark. Der Junge war seiner Mutter wie aus dem Gesicht geschnitten.

»Wenn noch mehr Schnee fällt, können wir morgen vielleicht einen Schneemann bauen«, sagte Christoph und zwang sich zu einem Lächeln.

Mark zuckte mit den Achseln. »Gibt es hier Wildschweine?«, fragte er und schaute nun zum ersten Mal interessiert aus dem Fenster.

»Wahrscheinlich«, erwiderte Christoph, »aber bis zu den Häusern kommen sie nicht.« Er hatte keine Ahnung, ob das stimmte.

Die schmale Straße war so rutschig, dass Christoph die Geschwindigkeit verringern musste. Die Fenster in dem Gehöft waren erleuchtet, bemerkte er. Windhorst hieß der Bauer. Aus irgendeinem Grund war Christoph froh, sich an den Namen erinnern zu können. Anna hatte oft mit ihm gesprochen und sich Tipps bezüglich der Handwerker geholt. Sollte er Bescheid sagen, dass jemand übers Wochenende in dem Haus sein würde? Nein, entschied Christoph, wahrscheinlich interessierte es niemanden.

Ein Hund bellte irgendwo, als er an dem Bauernhof vorbeifuhr, und dann musste er plötzlich auf die Bremse treten, weil eine schwarze Gestalt die Straße kreuzte.

»Was war das?«, fragte Mark erschreckt.

Christoph spürte, dass sich sein Herzschlag beschleunigte. »Irgendein Tier«, sagte er leise, doch es stimmte nicht. Ein Mann in einem schwarzen Regenmantel war direkt vor ihnen über die Straße gelaufen.

Fünf Minuten später bogen sie ab zu Annas Haus – ja, so hieß es in seinen Gedanken noch, Annas Haus, ihre verwunschene Sommerresidenz, die sie nie wirklich bezogen hatte.

Er stieg aus und öffnete wegen der Kindersicherung die hintere Tür an ihrem Passat. Mark blickte ihn nur an und machte keine Anstalten auszusteigen.

»Wir bleiben nicht lange«, sagte Christoph besänftigend. »Ich muss ein paar Unterlagen durcharbeiten, und wir müssen das Haus winterfest machen. Damit nichts kaputtgeht und einfriert, verstehst du?«

Mark nickte. Dann öffnete er wortlos den Sicherheitsgurt und kletterte langsam aus dem Auto.

Es hatte aufgehört zu schneien, nur das neue rote Ziegeldach war wie mit Zuckerguss überzogen.

Als Christoph die Tür öffnete, meinte er Kratzspuren am Schloss wahrzunehmen, als habe jemand versucht, in das Haus einzudringen, aber nein, Unsinn, vermutlich war die Metallkappe schon immer so lädiert gewesen. Die Tür hatten sie schließlich nicht erneuert, sondern lediglich gestrichen. Er hatte vorher nie auf das alte Schloss geachtet.

Er musste dreimal vom Auto zum Haus gehen, um die wenigen Vorräte und seine Unterlagen hineinzutragen, während Mark reglos und noch immer im Anorak in dem Wohnraum stand, als habe ihn jemand dort abgestellt. Rotwein, er hatte eine ganze Kiste Merlot mitgenommen. Nur für den Notfall, sagte sich Christoph. Zuletzt hatte er abends recht viel getrunken.

»Zieh dich aus!«, rief er Mark zu, als er die letzten Vorräte – Milch, Brot und zwei Dosen Ravioli – in die offene Küche trug. Der Junge gehorchte mit einer freudlosen und irgendwie vorwurfsvollen Bewegung.

Christoph versuchte es zu ignorieren.

Im Innern des Hauses roch es so muffig, dass er erstmal die beiden Fenster öffnen musste.

Wie geschmackvoll Anna alles eingerichtet hatte! Die Küche bestand aus teuren weißen Möbeln; sie hatte an nichts gespart, neben dem Herd und dem Kühlschrank gab es sogar eine kleine Spülmaschine. »An unseren Wochenenden müssen wir uns doch erholen«, hatte sie lächelnd erklärt.

Der Wohnraum hingegen war ganz in Rot gehalten; eine rote Ledercouch, zwei rote Sessel, daneben schwarze Regale, in die nichts eingeräumt worden war, und ein Fernseher mit einem DVD-Player.

Na, zumindest würde Mark sich dann nicht langweilen, dachte Christoph, wenn er selbst sich damit abplagen musste, sich einen Überblick über die finanzielle Lage der Agentur zu verschaffen. Wegen Annas Krankheit war einiges schiefgelaufen; drei lukrative Aufträge waren allein im November geplatzt, und ein Verlag, der seit über acht Jahren sein Kunde war, hatte bereits im Oktober, kurz vor Annas Tod, seine Aufträge zurückgezogen, weil Christoph sich nicht mehr selbst um alles hatte kümmern können.

In der oberen Etage gab es ein Schlafzimmer, ein Zimmer für Mark und ein Zimmer, in dem sich nur ein Bett und ein Stuhl befanden und das Anna für sich hatte einrichten wollen. Auf den ersten Blick schien alles in Ordnung zu sein; kein Ungeziefer, keine Feuchtigkeit, die eingedrungen war. Anna hatte bei der Renovierung ganze Arbeit geleistet.

Während Christoph den Kamin anheizte, damit es möglichst rasch warm im Haus wurde, sah er, wie Mark über den Hof schlurfte. Den Kopf gesenkt trat er einen Stein vor sich her.

Wie würde er den Jungen wieder zum Sprechen animieren, geschweige die Freude in sein Leben zurückbringen können? Nur einmal, als sie sich im Kino einen Zeichentrickfilm angesehen hatten, hatte er mehrmals lauthals gelacht; hinterher jedoch war er in ein noch tieferes Schweigen versunken, als müsse er sich für sein Lachen schämen.

Christoph schloss die Fenster, dann ging er in die Küche und räumte die Vorräte ein. Am Abend würde es die Ravioli aus der Dose geben – viel mehr als Nudeln stand selten auf seinem Speisezettel, Anna war ihre Köchin gewesen –, und morgen würden sie irgendwo im Dorf essen gehen, bevor sie wieder abfuhren.

Als er den Kühlschrank schloss und sich umdrehte, blickte er in den Raum und meinte für einen Moment, gleich müsse Anna hereinkommen, abgehetzt und lächelnd, und dann würde sie ihm von ihrer nächsten tollen Idee erzählen. Ein Pferd … Sie wollte Mark das Reiten beibringen und ein Pferd bei den Windhorsts unterstellen, oder sie würde draußen am Schuppen einen Backofen bauen, um auf die ganz traditionelle Art Brot zu backen oder … oder … Sie war immer so voller Pläne gewesen.

Christoph spürte, wie sich sein Magen zusammenkrampfte – er hatte Anna versprochen, nicht zu sehr um sie zu trauern und sich Tag und Nacht um Mark zu kümmern. Und genau das würde er auch tun.

Während er sich einen Kaffee kochte und einmal mehr bewunderte, dass Anna an jede Kleinigkeit in der Küche gedacht hatte, beschlich ihn ein anderer Gedanke. Wenn er ehrlich war, hatte dieser Gedanke sich heimlich bei ihm eingenistet und war der wahre Grund, warum er zu dieser kalten Jahreszeit hier herausgefahren war. Die Agentur war in beträchtlichen finanziellen Schwierigkeiten, das wusste er bereits, ohne einen genauen Kassensturz gemacht zu haben, aber vielleicht konnte es helfen, das Haus zu verkaufen, nicht jetzt, aber im Sommer, falls er bis dahin finanziell noch über die Runden kam.

Mark hatte ein altes Regenrohr entdeckt und beförderte nun damit Steine auf die Wiese, die hinter dem Schuppen lag.

Es begann zu dämmern. Auf Ravioli würde keiner von ihnen beiden Hunger haben, aber etwas anderes gab es heute nicht mehr.

2

Wie viel Rotwein hatte er getrunken, während er die Papiere durcharbeitete – eine oder zwei Flaschen? Sicherlich fast zwei. Irgendwann war er zu seinem Sohn ins Bett gekrochen. Mark lag auf seiner Seite, Christoph musste nach links zum Fenster, dorthin, wo Annas Platz gewesen war.

Im Schlaf hatte Mark sich an ihn geschmiegt. Warm war seine Haut, und irgendwie roch er noch ein wenig so, wie er als ganz kleines Kind gerochen hatte, ein süßer, beruhigender Duft.

Stockdunkel war es in dem Schlafraum und so still, dass er nur Marks Atemzüge hörte – und das Rauschen des Alkohols in seinem Körper.

Die Situation der Agentur war desaströs – es fehlten mehr als dreihunderttausend Euro. Ein Ergebnis, das er sich so niederschmetternd nicht vorgestellt hatte. Wenn er nicht bis Mitte Januar mindestens zwei neue, große Aufträge an Land gezogen hätte, wäre er pleite.

»Anna«, flüsterte er vor sich hin. »Anna, ich stecke wirklich in der Scheiße. Ohne dich ist alles Mist.«

Ein großer Vogel flog durch seinen Schlaf, und irgendwo war auch Anna, krank und ausgemergelt, doch irgendwie auch fröhlich, und sie klammerte sich an den

Vogel, um mit ihm davonzufliegen. Und dann suchte er plötzlich Mark in seinem Traum. Wo war Mark? Sein Sohn durfte ihn nicht auch noch verlassen. Unruhig rannte Christoph umher, nein, er schwankte. Selbst im Traum spürte er den Alkohol noch, und dann schrie jemand. Ein schriller Schrei, der ihn hochfahren ließ.

»Papa!«

Christoph richtete sich abrupt auf. Es war hell, stellte er fest, ein graues, milchiges Licht sickerte durch das Fenster. Er tastete nach Mark. Schlief er noch? Hatte er einen Albtraum?

Wieder ein Schrei. »Papa! Komm her!«

Mark lag nicht mehr neben ihm; er hatte keinen Albtraum gehabt, sondern war hinuntergelaufen. Der Schrei kam aus dem Hof.

Ein anderes Geräusch erklang, das Christoph nicht einordnen konnte.

»Papa, hier steht ein lebendiges Schwein!«

Mit einem Satz war Christoph am Fenster. Ein höllischer Schmerz zuckte durch seinen Kopf. Dann hörte er ein lautes Grunzen und sah Mark, der in dem Trainingsanzug, den er am Abend angezogen hatte, weil es im Schlafzimmer zu kalt war, vor dem Schuppen stand und ein großes rosafarbenes Schwein streichelte, das sich unter seinen Berührungen wohlig zu räkeln schien.

Als hätte er Christophs Blick bemerkt, schaute Mark zum Fenster hinauf. »Sieh mal, das hat uns bestimmt Mama geschickt.« Dann lächelte er, und auch das Schwein zeigte krumme gelbliche Zähne und schien zu lächeln.

Waren Schweine gefährlich? Wildschweine bestimmt. Wenn sie sich angegriffen fühlten, konnten sie mit ihren Eckzähnen zuschlagen und Menschen übel verletzen. Aber das Schwein, das Mark streichelte, war kein Wildschwein, sondern eine fette, ausgewachsene Sau, wenn Christoph das richtig einschätzte. Sauen waren wohl nicht so gefährlich, allerdings konnten sie Krankheiten übertragen. Schweinegrippe – hatte nicht neulich wieder etwas über die Gefährlichkeit der Schweinegrippe in der Zeitung gestanden?

Christoph sprang in seine Jeans, streifte sich seinen dicken schwarzen Pullover über und rannte die Treppe hinunter. Ein schwarzer Pullover würde ein Schwein kaum reizen, dachte er und musste über diesen Gedanken lächeln.

Mark war barfuß. Er hatte ein paar Schritte in Richtung Wiese gemacht, und das Schwein – tatsächlich eine Sau – war ihm brav gefolgt.

Christoph beobachtete, wie der Junge ein Büschel Grashalme herausriss und sie dem Schwein hinhielt. Grunzend machte sich die Sau darüber her, und Mark zog seine Hand zurück und lachte.

»Kitzelt irgendwie«, stellte er fest und rupfte gleich noch ein Büschel aus.

Dann fiel Christoph ein, was der Junge eben gesagt hatte: Er glaubte tatsächlich, Anna habe ihm das Schwein geschickt.

»Du musst Schuhe anziehen!«, rief er seinem Sohn zu, »und dann müssen wir herausfinden, wem das

Schwein gehört. Solche Schweine laufen nicht einfach so in der Gegend herum.«

Das Schwein grunzte und leckte Mark dann tatsächlich die Hände ab, als wäre es ein Hund. Der Junge lachte wieder.

»Das Schwein ist von Mama!«, rief er ohne jeden Zweifel in der Stimme. »Und es braucht einen Namen. Wie hätte Mama das Schwein genannt?«

Die Sau grunzte erneut, als wolle sie jedes Wort, das Mark gesagt hatte, unterstreichen.

Wie hätte Anna solch ein Schwein genannt? Christoph kam auf keine Namen, aber gewiss hätte es auch ihr gefallen, mit einem ausgewachsenen Schwein herumzuspielen.

»Rosa!«, sagte Mark dann. »Wir nennen das Schwein Rosa. Mama hat mir mal eine Geschichte erzählt – dass Schweine immer glücklich sind, weil sie die ganze Welt nur rosa sehen.« Er lachte und strich dem Schwein vorsichtig über den Rücken, worauf es den Kopf reckte und erneut laut grunzte. »Ich glaube, Rosa hat richtig Hunger.«

Dass Schweine Allesfresser waren, stellte sich wenig später heraus: die Reste Ravioli, einen Kanten Brot, drei Schokoladenkekse, einen Apfel – alles schlang Rosa in sich hinein, während Mark – nun in Schuhen und im Anorak – sie sorgfältig beobachtete und jedes zufriedene Grunzen mit ein paar gefälligen Worten kommentierte.

Christoph zog sein Mobiltelefon hervor und rief den

alten Windhorst an. Seine Frau, die, wenn er sich richtig erinnerte, Hildegard hieß und auch fast siebzig war, ging an den Apparat.

»Dachte schon, dass ich gestern Abend Ihren Wagen gesehen habe«, sagte sie. Beklommenheit schwang in ihrer Stimme. »Tut uns leid, was mit Ihrer Frau… Und wir wären auch zu der Beerdigung gekommen, wenn wir gewusst hätten…«

»Ja, vielen Dank«, unterbrach Christoph sie, während er beobachtete, wie Mark dem Schwein einen Plastikeimer mit Wasser hinstellte, in das Rosa sogleich ihren Rüssel tauchte. »Aber ich habe eine Frage: Ist bei Ihnen vielleicht ein Schwein ausgerissen? Eine Sau, richtig groß?«

»Eine Sau?« Hildegard Windhorst lachte. »Nein, Schweine haben wir schon seit langem nicht mehr. Die hat Eberhard damals abgeschafft.«

»Hat sonst jemand Schweine in der Gegend?« Rosa hatte den Eimer umgeworfen und schlabberte nun mit der Zunge das versickernde Wasser auf, was Mark aufmerksam in der Hocke verfolgte.

»Hier hat nur der Metzger im Dorf Schweine – aber die hängen im Schaufenster und sind tot«, erwiderte Frau Windhorst und lachte über ihren eigenen Scherz.

Christoph verabschiedete sich rasch, nicht ohne versprochen zu haben, auf einen Sprung vorbeizukommen, bevor er zurückfuhr.

Rosa und Mark jagten sich gegenseitig über die Wiese, während er bei der Polizei anrief.

Nein, ein Schwein sei nicht als vermisst gemeldet worden, erklärte ein gelangweilt klingender Polizist und riet, beim Tierheim anzurufen. Die würden dann jemanden vorbeischicken. Aber unter der Nummer, die Christoph von ihm erhielt, meldete sich niemand. Nicht einmal ein Anrufbeantworter sprang an. Vielleicht weilte man dort schon in den Weihnachtsferien.

Er stöhnte. Sie waren auf ein Schwein gekommen, und irgendwie ahnte er, dass es Mark schwerfallen würde, das Tier in einem Heim abzugeben.

Aber was, großer Gott, sollte er mit einem Schwein anfangen, eine knappe Woche vor Weihnachten?

Mark war schier aus dem Häuschen. Rosa hat noch mehr Hunger. Rosa hat auch Durst, Rosa braucht einen Platz zum Schlafen.

»Kann Rosa mit mir zur Schule gehen? Guck mal, wie Rosa grunzt und was sie für schöne Knopfaugen hat! Ich glaube, Rosa kann man ganz viele Kunststücke beibringen. Mama würde Rosa auch ganz doll mögen.«

Als Mark und er in der Küche frühstückten, postierte sich Rosa vor der Tür und schnüffelte an der Türritze, als würde die Sau ganz genau mitbekommen, was sie da, unerreichbar für sie, für Köstlichkeiten verzehrten.

Christophs leise Hoffnung, dass Rosa sich wieder in den Wald verziehen würde, während sie aßen und er Mark zwang, sich ausgiebig zu waschen, erfüllte sich leider nicht. Fast als sei sie ein Wachhund, lag die Sau vor der Tür, grunzte ab und an und starrte zu ihnen herüber.

Auch beim zweiten Versuch meldete sich niemand im Tierheim, und die Feuerwehr hatte einen Einsatz an der Autobahn und erklärte sich für nicht zuständig.

»Schweinebraten schmeckt doch gut am Fest«, erklärte die jugendliche Stimme des Notrufs, bevor sie auflegte.

Was für ein großartiger Rat!, dachte Christoph, dann stellte er sich für einen Moment vor, was wäre, wenn Anna ihn so sehen könnte. Noch ungewaschen und ungekämmt sah er seinem Sohn zu, wie der ausgelassen mit einem Schwein spielte, und wusste nicht mehr weiter.

Anna – sie hätte Mark die Freude gelassen und hätte das Schwein erst einmal behalten, bis sich der wahre Besitzer meldete.

Also gut.

Christoph legte das Handy beiseite. Er zog die alten Lederhandschuhe an, die Anna gehört hatten und an denen noch Farbreste klebten, dann lief er in den Hof. Mark und das Schwein empfingen ihn einhellig grunzend.

»Ich habe einen Plan!«, sagte Christoph und sah, wie Mark ihn erwartungsvoll anblickte. »Wir bauen Rosa im Schuppen einen kleinen Stall, damit sie sich irgendwo ausruhen kann.«

»Au ja!«, rief Mark, und auch Rosa wackelte so heftig mit dem Kopf, dass ihre langen Ohren flogen.

Irgendwann legte sich Rosa, von Nudeln, Brot und Keksen offensichtlich gesättigt, schlafen, doch Mark und er schufteten, als hätte jemand eine Prämie dafür ausgesetzt, wer am schnellsten einen Schweinestall bauen konnte. In dem Schuppen hatten sie alles untergestellt, was ihnen im Weg gewesen war und dem Vorbesitzer gehört hatte: ein alter, vollkommen verdreckter Handrasenmäher, diverse Gartengeräte wie Harke, Spaten, Rechen, zwei alte Zinkwannen, zerbeulte Farbeimer, zwei Leitern, die über und über mit Farbe besprenkelt waren, ein Gartenschlauch, der verdächtig undicht aussah, sogar drei Fahrräder, die so rostig und verbeult waren, als wären sie ein halbes Jahrhundert alt, sowie jede Menge Bretter, leere Jutesäcke, die nach Kohlen rochen, und leere Apfelsinenkisten. Auch eine alte Schreibmaschine, ein Telefon mit Wählscheibe und ein Schlauchboot, in dem einiges an Luft fehlte, entdeckten sie. Und unter all den Sachen fand Christoph auch ein Gemälde vom Haus, das Anna einmal angefangen, aber dann nicht weitergemalt hatte. Ehe Mark es bemerkte, schaffte er das Bild beiseite und stellte es in Annas Arbeitszimmer hinter die Tür.

Mark war mit dem größten Eifer bei der Sache.

Nachdem sie alles ausgeräumt hatten, entschlossen sie sich, Rosa ein Areal von fünf mal fünf Schritten zuzubilligen, das sie mit den Brettern und den Leitern abgrenzen wollten. In die Mitte stellten sie die Zinkwanne, die nicht ganz so verbogen war wie die andere, und die hinterste Ecke legte Mark mit den Jutesäcken aus.

»Damit Rosa es schön warm hat, wenn sie schläft«, sagte er. Beinahe jeden Schritt, den er machte, kommentierte er, und zwischendurch musste er immer wieder nachschauen, ob das Schwein noch schlief.

Die Sau hatte einen gesegneten Schlaf; sie ließ sich erst nach drei Stunden wieder blicken, stand neugierig und grunzend in der Tür und schaute sich das Kunstwerk an, das man für sie erschaffen hatte.

Nun, ein richtiger Pferch war es nicht geworden, was sie da mit den Leitern und den Brettern eingegrenzt hatten, aber zumindest als provisorische Bleibe mochte es dienen.

Mark lockte das Schwein auch gleich mit ein paar Keksen in die neue Unterkunft. Grunzend folgte es ihm und legte sich auf die Jutesäcke, als wisse es genau, zu welchem Zweck die da drapiert waren.

Mark klatschte begeistert in die Hände und lobte das Schwein. »Sieh doch, wie klug Rosa ist!«, rief er Christoph begeistert zu.

Christoph nickte. Er spürte eine seltsame Zufriedenheit, als er das Schwein Kekse schmatzend auf den Jutesäcken sah. Wann hatte er sich seinem Sohn in letzter Zeit jemals so nahe gefühlt?

Fast hätte er zum Himmel geblickt und Anna einen Dank zugeflüstert.

Dann zupfte Mark mit seinen schmutzigen Händen an seiner Jeans.

»Nun müssen wir Futter für Rosa kaufen gehen.«

3

Wo bekam man an einem Samstagnachmittag in einer gottverlassenen Gegend Schweinefutter? Bestimmt nicht im Baumarkt oder in einem der wenigen Lebensmittelläden.

Christoph musste drei Dörfer abfahren, bis er das Schild »Landhandel« sah, eine grüne, abgeblätterte Schrift auf beigefarbenem Grund.

Ein Mann in einer blauen Joppe machte sich gerade daran, die Tür zu einem weiß getünchten Flachbau abzuschließen. Mürrisch blickte er zu ihnen herüber, als er den Passat bemerkte. Mark, der auf dem Beifahrersitz Platz genommen hatte, sprang schon hinaus, als Christoph noch gar nicht richtig gehalten hatte.

»Bitte!«, rief der Junge. »Wir haben jetzt ein Schwein – wir brauchen dringend etwas zu essen für Rosa.«

Der Mann starrte Mark einen Moment lang schweigend an. Eine angerauchte, kalte Zigarette wippte in seinem Mundwinkel auf und ab.

»Ich habe geschlossen«, sagte er dann. »Morgen ist der vierte Advent – ich muss in die Kirche, alles schmücken und …«

»Nein!«, rief Mark. »Rosa verhungert sonst. Nur ein bisschen was zu essen …«

Christoph ging um den Wagen herum auf den Mann zu. Er hob die Hände und lächelte. »Vielleicht wäre es ja möglich, uns einen Sack Trockenfutter zu geben? Ich zahle auch einen Feiertagszuschlag.«

Der Mann in der Joppe lächelte bei dem Wort »Feiertagszuschlag«. Dann sagte er: »Na gut, einen Sack – dann kommen Sie mal mit.« Mit einem Nicken schloss er die Tür wieder auf und schaltete das Licht in dem Flachbau an, der sich als eine weitläufige Lagerhalle für Futtermittel entpuppte.

Ein Schwall unterschiedlichster Gerüche wehte ihnen entgegen. Christoph blickte auf Mark hinab, der erst kräftig schlucken musste, ihn dann aber aufgeregt und mit roten Wangen ansah. »Ist das alles für Schweine?«

»Nee, mein Kleiner«, antwortete der Mann in der Joppe, und dann begann er einen Vortrag zu halten: über Futter für Kühe, Schweine und Hühner, das er auch in seinem Sortiment habe. Und dass alles eine Frage des Futters sei – die Gesundheit der Tiere und die Bekömmlichkeit ihres Fleisches.

Als er sich einen Moment zu lange über die Qualität von Schweinefleisch ausließ, stieß Mark ihn zornig an und sagte: »Aber Rosa wird niemals geschlachtet.«

»Dann halten Sie sich ein Schwein als Haustier?«, fragte der Mann verblüfft.

»Kann man so sagen«, erwiderte Christoph ausweichend.

»Nun gut – jedem so, wie es ihm gefällt.«

Kurz darauf hatten sie zwei Säcke von etwas gekauft,

das der Händler allen Ernstes als Müsli für Schweine bezeichnete. Es bestehe aus ökologisch angebautem Mais, der mit Soja sowie Mineralstoffen und Vitaminen ergänzt sei. Es gebe nichts Besseres für Schweine, die man glücklich machen wolle.

»Dann haben wir ja genau das Richtige für Rosa«, stellte Mark altklug fest.

Mit dem Hinweis, auch noch genug sauberes Wasser bereitzustellen, wurden sie entlassen.

Auf dem Weg zurück zum Haus schlief Mark auf der Rückbank ein. Christoph fuhr langsam die Bundesstraße hinunter, fast war es, als müsse er diesen friedlichen Augenblick genießen. Mark war wieder ganz er selbst gewesen, so wie vor Annas Tod, ein lebenslustiger, energiegeladener Junge. Nur dass er nun nach Schwein und Schweinefutter roch.

Im Radio lief leise Weihnachtsmusik. Der Himmel war grau, Schnee lag in der Luft, aber es schneite noch nicht. Die Straße war kaum befahren. In einigen Häusern leuchteten die Weihnachtssterne.

Ein Heiligabend ohne Anna – bisher hatte Christoph den Gedanken stets verdrängt, aber nun gab es vielleicht Hoffnung, dass alles anders und zumindest weniger trostlos sein würde, als er erwartet hatte. Doch nein, Rosa würde bestimmt morgen oder übermorgen abgeholt werden … Und überhaupt, sie konnten nicht Weihnachten zu zweit mit einem Schwein verbringen. Annas Eltern, denen er seinen Besuch versprochen hatte, würden nicht zu dem alten Haus herausfahren. Das hatten sie noch nie gemacht, besonders Annas Vater schien eine Abneigung gegen das Haus zu hegen, obschon er es gar nicht kannte.

»Rosa«, flüsterte Mark im Schlaf, »Rosa, alles gut, Rosa …«

Für den Jungen war das Schwein tatsächlich ein Geschenk, das Anna ihm gemacht hatte.

Mark erwachte erst, als Christoph vor dem Haus hielt. Mittlerweile war es fast dunkel geworden.

»Rosa!«, rief Mark. »Hoffentlich hat sie keine Angst im Dunkeln.« Dann löste er den Gurt und wartete ungeduldig, dass Christoph ihm die Tür aufmachte.

Aus dem provisorischen Stall erklang ein lautes und irgendwie forderndes Grunzen.

»Rosa – jetzt gibt es was zu essen. Müsli.« Mark war so aufgeregt, dass er die Tür zum Schuppen kaum aufbekam.

Christoph schaltete die alte Lampe an, die sich über der Tür befand, die den Raum jedoch kaum erhellte. Immerhin, Rosa war zu erkennen, sie stand breitbeinig in ihrem Pferch und starrte sie an. Dann erscholl ein lautes Quieken.

»Rosa freut sich«, sagte Mark. »Sie ist froh, dass wir wieder da sind.«

Mark bestand darauf, dass sie ihre Spaghetti im Stall essen sollten, während Rosa gleichzeitig ihr Schweinemüsli bekam. So lange musste das ungeduldige Schwein noch warten, das dazu übergegangen war, jede ihrer Bewegungen mit einem schrillen Quieken zu verfolgen. Offenbar ahnte das Tier, dass eine größere Fütterung bevorstand.

Als Christoph endlich zwei dampfende Teller mit Nudeln in den Schuppen brachte, hatte Mark aus alten Holzkisten einen Tisch und zwei Stühle gebaut. Selbst eine Kerze hatte er aufgetrieben, die Christoph dann anzündete.

Laut schmatzend schien das Schwein das Trockenfutter förmlich in sich hineinzusaugen. Mark war so fasziniert, dass er beinahe vergaß, seine Spaghetti zu essen.

Dann, als sich das Schwein – vielleicht war die Portion zu groß gewesen – leiser schmatzend in die Ecke verzog und bald wieder in ein Schläfchen fiel, sagte Mark unvermittelt: »Ich weiß, du glaubst es nicht, aber es kann gar nicht anders sein. Mama hat mir Rosa zu Weihnachten geschenkt. Ein ganz besonderes Geschenk.«

Christoph nickte. Marks Gesicht glänzte im Kerzenlicht.

»Ja«, sagte Christoph. »Welcher Junge bekommt schon ein lebendiges Schwein geschenkt? Dahinter kann nur eine ganz besondere Mutter stecken.«

4

Mark war nach dem Essen so müde, dass Christoph ihn zum Haus hinübertragen musste. Sollte er dem Schwein die Lampe über der Tür brennen lassen? Nein, Schweine waren nicht nachtaktiv, sondern liebten es zu schlafen; sie schliefen mindestens sechzehn Stunden am Tag – das meinte er, einmal irgendwo gelesen zu haben.

»Gute Nacht, Rosa, schlaf gut«, flüsterte er dem Schwein zu, als er das Licht löschte und die Tür des Schuppens zusperrte.

Mark räkelte sich in seinen Armen. Er war ein wenig erhitzt, aber das war wohl der Aufregung dieses einzigartigen Tages zuzuschreiben.

Sollte Rosa in der Nacht einen Ausgang finden, nun, dann hatte Mark wenigstens für einen Tag Freundschaft mit einem ausgewachsenen Schwein geschlossen.

Die ausgebreiteten Unterlagen auf dem Tisch in dem Wohnraum erinnerten Christoph daran, warum er eigentlich hergekommen war. Er brauchte einen Plan, um seine Agentur wieder flottzumachen – und vielleicht würde es ihm helfen, dass er in den vergangenen zwölf Stunden keinen Gedanken an seine missliche finanzielle Lage verschwendet hatte.

Als er Mark in das Bad im oberen Geschoss trug, wachte der Junge wieder auf.

»Schläft Rosa auch?«, fragte er, während er sich im Spiegel musterte.

Christoph reichte ihm die Zahnbürste und die Zahnpasta. »Ich glaube schon. Sie hat ganz schön viel gefressen. Das macht Schweine müde.«

»Deine Spaghetti waren auch ganz lecker, kaum versalzen«, sagte Mark und grinste ein wenig ironisch.

Im nächsten Moment hörten sie ein lautes Pochen unten an der Tür.

»Hallo?«, rief eine dunkle Männerstimme.

Christoph sah im Spiegel, wie Mark zusammenzuckte. Der Gedanke, der ihn erschreckte, stand ihm deutlich ins Gesicht geschrieben. Da kam jemand, um Rosa abzuholen.

Noch einmal pochte es an der Tür.

»Ich glaube, ich gehe mal nachsehen«, erklärte Christoph sanft. »Vielleicht ist es der alte Windhorst oder …«

»Ich gucke auch nach!«, rief Mark, wieder vollkommen wach, und lief vor ihm die Treppe hinunter.

Zwei dumpfe Männerstimmen waren zu hören. Nein, erkannte Christoph, der alte Windhorst war ganz bestimmt nicht zu Besuch gekommen.

Noch einmal klopfte es, diesmal länger und ungeduldiger und irgendwie gefährlicher.

Christoph öffnete die Tür und unterdrückte den Impuls zurückzuweichen.

Zwei Männer standen da, beide in einem schwarzen Anzug, die Haare zurückgekämmt. Der Größere der beiden trug sogar eine überdimensionale Sonnenbrille.

Der Kleinere lächelte, zeigte gelbe Stummelzähne. »Dachten schon, es sei keiner zu Hause«, sagte er. »Keine Angst.« Er lächelte noch breiter. »Wir wollen nichts verkaufen – wir haben nur eine Frage.«

Der andere begleitete jedes Wort, das sein Kompagnon sprach, mit einem langsamen, bedächtigen Nicken. Mark umklammerte Christophs linkes Bein und starrte die Männer an.

»Ich war dabei, meinen Sohn ins Bett zu bringen«, erklärte Christoph und bemühte sich um eine feste Stimme. »Was kann ich für Sie tun?«

»Eine Auskunft – wir brauchen eine Auskunft«, sagte der mit den Stummelzähnen.

Christoph fragte sich unwillkürlich, ob der Mann eine Waffe bei sich trug. Irgendwie wirkte er gefährlich. Und warum hatten sie keinen Wagen gehört? Waren die beiden Anzugträger zu Fuß unterwegs? Bei dieser Kälte? Sehr seltsam.

»Peinliche Sache«, fuhr der Mann fort. »Eigentlich auch nicht zu erklären – wir suchen ein Schwein. Uns ist ein Schwein abgehauen.«

Christoph spürte, wie Mark sich verkrampfte. Er selbst warf an den beiden Männern vorbei einen Blick zum Schuppen hinüber. Was immer diese beiden Typen im Schilde führen mochten – für Rosa war es wahrscheinlich besser, wenn sie sich mucksmäuschenstill verhielt.

Und aus dem Schuppen drang tatsächlich nicht der leiseste Laut.

»Ihnen ist ein Schwein abgehauen?«, wiederholte Christoph gespielt verblüfft.

Der Kleinere der beiden nickte. »Ganz recht – ein Schwein«, sagte er. Er hatte ziemlich großporige Haut und eine Narbe auf der Wange. Er bemühte sich, freundlich zu sein, obwohl er deutlich unter Anspannung stand. Verlegen verzog er das Gesicht zu einem Lächeln. »Ziemlich groß und rosa … ein Schwein eben. Kennt man doch von Bildern.«

Der Große nickte langsam und stierte hinter seiner Sonnenbrille vor sich hin.

Marks Griff um Christophs Bein wurde stärker.

»Wie Bauern sehen Sie nicht gerade aus.« Christoph brachte ein vages Lächeln zustande.

»Nein«, sagte der mit den Stummelzähnen, während der andere aufgehört hatte zu nicken und Christoph hinter seiner Sonnenbrille zu fixieren schien. »Wir …« Ein Leuchten trat in sein Gesicht, als sei ihm eben ein kluger Gedanke gekommen. »Wir haben einen Zirkus. Das Schwein kann Kunststücke – zählen, springen und solche Sachen.«

»Bedauere«, sagte Christoph. Er spürte Marks Herzschlag und fürchtete, der Junge würde gleich etwas Unbedachtes tun. »Wir haben kein herrenloses Schwein gesehen. Vielleicht fragen Sie mal bei dem Bauern vorn am Weg nach.«

»Haben wir schon!«, knurrte der mit der Sonnenbrille. Seine Stimme klang noch dunkler und unfreundlicher. »Die Frau da hat uns hierhergeschickt.«

»Bedauere«, wiederholte Christoph, dann nickte er den Männern mit einem schwachen Lächeln zu und machte Anstalten, die Tür zu schließen, doch der Kleinere schob blitzschnell seinen Fuß dazwischen.

»Sie haben doch nichts dagegen, wenn wir uns ein wenig umsehen?«, hauchte er. »Ist ein kostbares Schwein, ohne das wir nicht mehr auftreten können.«

»Nein, ich habe nichts dagegen«, krächzte Christoph heiser. Dann schloss er die Tür.

Mark war aschfahl und sank ihm förmlich in die Arme, als Christoph sich zu ihm hinabbeugte.

»Die meinen Rosa«, flüsterte er.

Christoph nickte, während er gleichzeitig lauschte.

Rosa verhielt sich zum Glück absolut still, offenbar hatte das Schweinemüsli sie in einen tiefen Schlaf sinken lassen.

Christoph löschte das Licht und trat ans Fenster. Mark schob sich lautlos neben ihn. Unschlüssig standen die Männer im Hof und blickten sich um. Dann raunten sie sich etwas zu. Einen Moment später blitzten zwei Taschenlampen auf, und man sah, wie sich zwei Schatten auf den Schuppen zubewegten. Der Kleinere versuchte durch die Scheibe zu blicken, die jedoch von innen voller Spinnweben hing. Er bedeutete dem anderen, zur Tür zu gehen, was der nach einem kurzen Zögern auch tat. Ein greller Lichtstrahl richtete sich auf das Schloss, ein simples Vorhängeschloss, das sich leicht knacken ließ, sofern man das richtige Werkzeug dabeihatte.

»Bitte, liebe Mama«, flüsterte Mark vor sich hin, »bitte mach, dass Rosa ganz still ist.« Wie gebannt starrte auch er nach draußen.

Der eine Mann zerrte an dem Schloss, als der andere – der mit den Stummelzähnen – plötzlich aufschrie. »Verdammt, hier sind Spinnen!«, krakeelte er.

Der andere lachte. »O Mann, läufst mit einer Beretta durch die Gegend und hast Schiss vor Insekten.«

»Lass mich in Ruhe!«, entgegnete der Stummelmann. »Wo ist nur das verdammte Schwein? Ich kriege allmählich richtig schlechte Laune.«

Langsam entfernten sie sich vom Schuppen. Rosa hatte sich still verhalten. Zwei Lichtkegel strichen über die Wiese.

Gab es irgendwo eine Spur von Rosa?, fragte Christoph sich. Ja, vermutlich, doch die Männer schienen nichts zu entdecken.

Leise fluchend machten sie sich in Richtung Wald auf.

»Papa, was ist denn eine Beretta?«, fragte Mark leise.

»Keine Ahnung«, entgegnete Christoph, »aber ich mache dir einen Vorschlag. Wir gehen jetzt beide sofort ins Bett, und morgen kümmern wir uns wieder um Rosa.«

5

Er konnte nicht schlafen. Immer wieder schreckte er auf, weil er meinte, die beiden Männer kehrten zurück. Mark neben ihm war trotz des Schreckens sofort eingeschlafen. Warm atmete der Junge ein und aus. Papa, was ist eine Beretta? Junge, mit einer Beretta kann man ein Schwein erschießen – und die zwei Menschen, die es beschützen.

Warum suchten zwei solch merkwürdige Typen ein Schwein wie Rosa? Die Geschichte mit dem Zirkus war garantiert gelogen – die beiden Kerle hatten nicht nach Zirkus ausgesehen. Außerdem hatte er in der ganzen Gegend keinen Hinweis auf einen Zirkus bemerkt, kein Plakat, keine bunten Wagen, nichts. Aber was mochte sonst dahinterstecken?

Christoph nahm sich vor, morgen die Windhorsts zu fragen, und vielleicht konnte er bei einem kurzen Besuch auf dem Bauernhof auch einen Blick in die Zeitung werfen. Möglicherweise stand da ja irgendetwas von einem entlaufenen Wunderschwein.

Hin und wieder flüsterte Mark etwas im Schlaf, das Christoph nicht verstehen konnte.

Ein Gedanke kam ihm in den Sinn, der so einfach und glasklar war, dass er ihn schon oft gedacht hatte.

Doch nun dachte er ihn mit einer nie da gewesenen Intensität: Es gab nach dem Tod von Anna keinen Menschen mehr, den er so liebte wie Mark – und er würde alles tun, damit es ihm gut ging, und ihn gegen alles und jeden beschützen.

Gegen Mitternacht, nachdem er mehr als zwei Stunden wach gelegen hatte, meinte er abermals Stimmen zu hören.

Als er zum Fenster schlich, sah er tatsächlich irgendwo, weit entfernt zwischen den Bäumen, zwei Lichter aufscheinen. Dann wurde ein Motor angelassen, ein Geräusch, das in der klaren Nacht weithin zu hören war.

Die beiden Anzugträger schienen ihre Suche aufgegeben zu haben – sie waren trotz der Kälte ausdauernd gewesen, doch sie hatten nichts gefunden.

Christoph kroch beruhigt ins Bett zurück. Was aber würde morgen früh sein? Würden die beiden Kerle noch einmal zurückkehren, um ihre Suche bei Tageslicht fortzusetzen?

Christoph erwachte, weil Mark an seiner Schulter rüttelte. Es war bereits hell, erkannte er, als er zum Fenster blinzelte.

»Papa, aufstehen, schnell.« Der Junge warf sich förmlich auf ihn und grinste ihn an. »Rosa hat bestimmt Hunger – und ich auch.«

Er riss Christoph die Bettdecke herunter. »Darf ich schon mal in den Stall gehen?«, fragte er. An die beiden Männer, die gestern Abend an der Tür gepocht hatten, verschwendete er offenbar keinen Gedanken – es war, als hätte ein schöner Traum sie verschluckt.

»Warte!«, rief Christoph. »Wir gehen zusammen – ich muss mich erst anziehen.«

Möglichst unauffällig warf er einen Blick aus dem Fenster. Unten war alles ruhig. Kein Auto, keine Männer, die auf sie warteten.

Mark rannte zum Klo. Kaum eine Minute später lief er die Treppe hinunter. »Ich wette, dass Rosa schon wach ist. Sie ist klug. Können wir heute mit ihr in den Wald gehen?«

In den Wald – ausgerechnet.

Christoph schlüpfte wieder in die schmutzige Jeans. »Mal sehen!«, rief er seinem Sohn nach und ging ins Bad.

Manchmal unterschätzte er die Intelligenz eines Achtjährigen. Mark hatte sich sogar gemerkt, wo er den Schlüssel für den Schuppen hingelegt hatte. Die Tür stand sperrangelweit offen, als Christoph über den Hof schritt. Aus dem Inneren des Schuppens war ein fröhliches und erwartungsvolles Grunzen zu hören – Rosa kapierte wirklich schnell, dass nun Fütterungszeit war.

Mit leuchtenden Augen starrte Mark sie an. »Sie ist so klug – deshalb war sie ganz still, als die bösen Männer kamen.«

Hatte er es also doch nicht vergessen.

Christoph füllte drei, vier Hände voll Schweinemüsli in die Zinkwanne. Bei der zweiten Ladung bereits versuchte Rosa, ihn energisch zur Seite zu drängen, um an das Futter zu gelangen. Während das Schwein sich so gierig, als wäre es völlig ausgehungert, über das Trockenfutter hermachte, füllte Christoph einen Plastikeimer mit Wasser.

Mark starrte Rosa die ganze Zeit wie gebannt an. »Rosa ist richtig schön«, flüsterte er versonnen vor sich hin. »Sie fühlt sich ganz besonders an – diese Härchen. Und ihr Schwanz wippt immer lustig hin und her. Wahrscheinlich hatte Mama recht – sie sieht alles rosa und ist immer glücklich …«

Christoph setzte sich neben seinen Sohn auf eine Kiste. Er spürte, dass sie beide zehn Meilen gegen den Wind nach Schwein rochen. Wenn jetzt die schwarz gekleideten Kerle auftauchen würden, hätte Leugnen keinen Zweck.

»Wir müssen überlegen, was wir mit Rosa machen«, begann er behutsam. »Sie wird gesucht – und wir wissen nicht genau, warum. Und wenn die Männer zurückkommen …«

Mark starrte ihn wütend an. »Die Männer waren böse – zu ihnen darf Rosa auf keinen Fall.«

Rosa war mit ihrer Mahlzeit fertig und hob kurz den Kopf. Fast sah es aus, als wolle sie Mark zublinzeln, um ihm auf diese Art und Weise recht zu geben.

»Wir müssen Erkundigungen einziehen«, sagte Christoph und spürte, wie verschwörerisch er klang.

»Erkundigungen?«, fragte Mark, als würde er dieses Wort nicht verstehen.

»Über Rosa«, fuhr Christoph fort. »Sie ist gewiss kein

gewöhnliches Schwein, sondern hat irgendein Geheimnis. Wenn wir ihr Geheimnis kennen, wissen wir auch, was die Männer mit ihr vorhaben. So lange muss Rosa im Schuppen bleiben, damit niemand sie sieht.«

»Alles klar«, sagte Mark, ganz wie ein Erwachsener. »Erkundigungen – nur wo?«

Sie befestigten ein altes Tischtuch vor dem Fenster, damit man nicht durch die Spinnweben hineinschauen konnte. Rosa blickte ihnen ein wenig enttäuscht nach, als sie sich entfernten. Offenbar hatte das kluge Schwein mit einem kleinen Spaziergang gerechnet. Christoph fragte sich insgeheim, in welcher Ecke sie nun ihr Geschäft verrichten würde. Er würde diese Sauerei nachher wahrscheinlich entsorgen dürfen. Na, egal.

An der Tür winkte Mark dem Schwein noch einmal zu, dann rief er »Bis nachher, Rosa!«, und die Sau grunzte einmal auf, als habe sie diesen Namen bereits als ihren akzeptiert. Sie verschlossen den Schuppen sorgsam.

Christoph nahm sich vor, bei nächster Gelegenheit einmal etwas über die Intelligenz von Schweinen nachzulesen. War es nicht so, dass sie fast 95 Prozent der DNA des Menschen teilten? Aber hatte das auch etwas mit ihrer Intelligenz zu tun?

Im Haus bestand er darauf, dass Mark duschte und sich komplett umzog. Wenn sie schon Nachforschungen über ein merkwürdiges Schwein anstellten, sollten sie selbst nicht wie eins riechen – außerdem konnte sie das bei den falschen Leuten als verdächtig erscheinen lassen. Er selbst kochte sich einen starken Kaffee, duschte auch und zog eine andere Jeans und einen anderen Pullover an.

Es war kurz vor zehn, als sie zum Passat hinübergingen. Rosa hatte anscheinend ein gutes Gehör, sie grunzte ihnen einen Gruß zu. Hoffentlich tat sie das nicht auch bei anderen, die sich dem Haus näherten.

Wie zog man Erkundigungen über ein frei laufendes Schwein ein? Im Haus gab es kein Internet, und leider hatte er das Aufladegerät für sein Tablet vergessen, sodass er es nicht benutzen konnte, wie er kurz nach ihrer Ankunft festgestellt hatte. Aber vielleicht fand er in einem der nächsten Dörfer ein Café mit einem Computer, wo er sich ins Netz einloggen konnte. Außerdem wollte er eine Sonntagszeitung kaufen und kurz bei den Windhorsts Halt machen. Möglicherweise wussten sie doch etwas.

Ein Internet-Café, das auch am Sonntag geöffnet war, gab es erst in der nächsten Kreisstadt, fast vierzig Kilometer entfernt. Doch nirgendwo fand sich eine Nachricht über ein entlaufenes Schwein, das Rosa ähnelte. In Bayern war vor zwei Monaten ein Hängebauchschwein nach drei Tagen von allein zurückgekehrt, und im Landkreis Meißen in Sachsen hatte man ein Hausschwein wieder einfangen müssen, das aus seinem Stall entkommen war – es war wohl aus Durst geflohen, hieß es in dem Artikel, der Besitzer habe vergessen, ausreichend Wasser bereitzustellen.

Ansonsten konnte man im Internet alles über Schweine

nachlesen – warum sie Glück brachten, warum manche Religionen sie ablehnten und dass es sogar Museen über Schweine gab.

Auch in der Sonntagszeitung, die Christoph – zusammen mit ein paar Croissants – an einer Tankstelle erwarb, gab es keinen Artikel, der auf Rosas Schicksal hindeutete. Und von einem Zirkus, der in der Gegend gastierte, war, wie erwartet, auch nirgends die Rede.

Blieben die Windhorsts.

Doch Mark war mittlerweile äußerst ungeduldig. Er quengelte. »Können wir nicht zurückfahren? Rosa ist schon so lange allein. Du hast viel zu viel Zeit vor dem Computer gesessen. Ich habe gesehen, dass du dir auch Fußballergebnisse angeguckt hast.«

»Also gut«, erklärte Christoph, als sie von der Bundesstraße abbogen. »Fahren wir erst zu Rosa. Die Windhorsts können wir auch heute Nachmittag noch befragen.«

Die Anspannung ließ sie beide schweigen, während sich der Passat langsam dem Haus näherte. Verstohlen blickte Christoph nach rechts und links, ob er einen Wagen entdeckte oder einen Spaziergänger, der sich verdächtig verhielt. Dann fiel ihm der Mann ein, der ihm kurz vor ihrer Ankunft fast vor das Auto gelaufen war. War das einer der beiden Kerle gewesen, die an seiner Tür gepocht hatten? Nein, das war unmöglich zu sagen.

Bei den Windhorsts standen ein heller Kombi und ein roter Mercedes vor der Tür. Die Tanne vor dem Haus war mit goldenen Kugeln geschmückt und beleuchtet. In drei Tagen war Heiligabend, aber der Gedanke an Weihnachten war plötzlich ganz weit fort. Nun ging es um Rosa – um ihr Geheimnis. Und plötzlich gefiel Christoph der Gedanke, ein paar Tage länger im Haus zu bleiben, allein mit Mark und dem Schwein und den Gedanken an Anna, die diesen Ort mehr geliebt hatte als jeden anderen auf der Welt.

»Ich glaube, dass Mama auf Rosa aufpasst«, sagte Mark plötzlich vom Beifahrersitz aus, auf dem er wieder Platz genommen hatte.

»Ganz sicher«, erwiderte Christoph und nickte. Offenkundig schienen Mark und er oft gleichzeitig an Anna zu denken.

Vor dem Haus wirkte alles ruhig. Kein fremdes Auto stand da, kein Zettel klebte an der Tür als Zeichen, dass jemand dort gewesen war. Eine Veränderung war nicht auszumachen.

»Können wir gleich mit Rosa spazieren gehen?«, fragte Mark, als er schon im Begriff war, auszusteigen.

»Vielleicht«, antwortete Christoph vage. Trotz aller Ruhe ringsum beschlich ihn ein sonderbares Gefühl. Er öffnete die Tür und stieg aus. Ja, das war es – die Ruhe. Es war zu ruhig; von der ungeduldigen, klugen Rosa hätte er erwartet, dass sie bereits den Motor vernommen hatte und durch ein fröhliches Grunzen Laut gab.

Mark stürmte auf den Schuppen zu. »Rosa!«, rief er. »Wir sind zurück. Rosa!«

Kein Grunzen drang aus dem Stall, aber vielleicht

hatte das Wunderschwein ja auch beschlossen, die einsamen Stunden mit einem Nickerchen zu verbringen.

Vor der Tür bremste Mark unvermittelt ab. Christoph brauchte zwei, drei Sekunden, bis er neben ihm stand. Es roch ziemlich penetrant nach Schwein, stellte er beinahe amüsiert fest.

Dann sah er das Vorhängeschloss. Jemand hatte es ordentlich wieder eingehängt, aber es war eindeutig aufgebrochen worden, sauber mit einem Bolzenschneider geknackt.

»Rosa!«, schrie Mark voller Angst. »Rosa, wo bist du?« Der Junge hatte das aufgebrochene Schloss auch längst bemerkt. Mit zitternden Händen zog er es beiseite, so dass es in den Matsch fiel. Mit aller Kraft, die er besaß, zog er die Tür auf, die sich quietschend öffnete.

»Rosa?«, rief Mark noch einmal.

Es drang nicht viel Licht in den Raum, doch man musste nicht die Lampe anschalten, um zu erkennen, was hier geschehen war. Eine der Leitern war beiseitegeräumt worden, worauf ein paar Bretter zusammengefallen waren. Die Zinkwanne und der Eimer standen noch da, aber ansonsten war der provisorische Pferch leer. Das Schwein war verschwunden. Die schwarz gekleideten Anzugträger waren zurückgekehrt und hatten Rosa gestohlen.

Mark blieb wie gelähmt stehen, dann legte er die schmalen Hände vor sein Gesicht und begann zu schluchzen, fast so herzerweichend wie an dem Tag, an dem Anna beerdigt worden war.

6

Es brauchte eine Weile, bis Christoph es geschafft hatte, seinen Sohn zu beruhigen. Dicke Tränen liefen ihm über die Wangen; er schluchzte und zitterte, als er ins Haus getragen wurde. Christoph versuchte, ihm Kakao einzuflößen, doch Mark schüttelte nur unentwegt den Kopf. Noch nie, nicht einmal nach Annas Tod, hatte er den Jungen so erschüttert gesehen. Die Tränen hörten gar nicht mehr auf zu rinnen, dann, von einem Moment auf den anderen, straffte Mark sich, als habe ein Gedanke ihn erfasst.

Mit rot verquollenen Augen blickte er Christoph an. »Glaubst du, die Männer haben Rosa tot gemacht?«, fragte er mit bebender Stimme.

»Nein«, erwiderte Christoph so ruhig er konnte, »bestimmt nicht. Man sucht nicht die ganze Nacht ein Schwein, um es zu schlachten. Sie haben etwas mit Rosa vor, deswegen haben sie nach ihr gefragt.«

»Gut«, sagte Mark und wischte sich über die Augen. Er straffte sich erneut und blickte zur Tür, die noch immer offen stand. »Dann müssen wir Rosa suchen. Irgendwo haben die Männer sie versteckt.«

Wie zwei Forscher zogen sie los. Anna hatte eine Taschenlampe im Haus deponiert. Einen kleinen Rucksack mit Lebensmitteln und Saft hatten sie auch gepackt. Wäre die Suche nicht so ernst gewesen, hätte man das Unternehmen für einen Abenteuerausflug von Vater und Sohn halten können.

Auf der Wiese hinter dem Schuppen glaubten sie in dem aufgeweichten Boden Fußspuren und den Abdruck von Krallen zu entdecken, aber von wann waren die Spuren? Mark war gestern mit Rosa über die Wiese gelaufen, und die beiden Anzugträger waren auch eine Weile mit ihren Taschenlampen durch die Gegend gestreift.

Dann jedoch, auf einem schmalen Pfad, der in den Wald führte, fanden sie einen Kothaufen, ziemlich wässrig und noch frisch.

Mark blickte Christoph an. Hoffnung funkelte in seinen Augen. »Das könnte doch Rosa gemacht haben, nicht wahr? Ich meine, sie ist klug, sie wollte uns ein Zeichen geben.«

Christoph beugte sich ein wenig nach vorne und betrachtete den Kotfladen, als wäre er ein Experte darin, die Exkremente von Schweinen zu untersuchen. »Ja, könnte sein«, murmelte er. Dann entdeckte er ein paar Schritte weiter ein Stück Tau, das neu und ziemlich trocken aussah. Er hob es hoch und zeigte es seinem Sohn. »Das kann noch nicht lange hier liegen.«

Mark lief heran und begutachtete das Tau. Es war sorgsam mit einem Messer durchtrennt worden. Hatten die Männer Rosa mit einem Seil um den Hals in den Wald geführt, und hatte sie sich vielleicht gewehrt, so dass sie noch eine zweite Leine brauchten?

Im Wald war es so dunkel, dass Christoph die Taschenlampe einschalten musste. Er ließ den Lichtschein über den Boden gleiten. Auch hier fanden sich Abdrücke – und da, die saubere, kräftige Spur eines Männerschuhs.

»Wir sind auf dem richtigen Weg«, erklärte er, dann nahm er Mark an die Hand, und sie gingen weiter.

Die Taschenlampe ließen sie angeschaltet. Es wurde immer dunkler und kälter. Einmal flogen Vögel aus den Bäumen über ihnen auf, so dass sie beide erschraken. Mark umklammerte Christophs Hand, doch selbst ihm wurde allmählich unheimlich zumute. Wann war er zuletzt in solch einem tiefen Wald gewesen?, fragte er sich. Eigentlich nie, lautete die Antwort. Er war in der Stadt aufgewachsen, als Kind hatte er seine Zeit auf Spielplätzen und in Parks verbracht, und einmal, mit sieben, hatte er für ein paar Wochen einen Goldhamster gehabt. Von Natur und Tieren hatte er keine Ahnung – anders als Anna, die in ihrer Jugend geritten war und zwei Hunde gepflegt hatte.

Die Sehnsucht nach Anna überfiel ihn plötzlich. Wo war sie? Warum war sie nicht mehr da? Er sah ihr Gesicht, er hörte ihr Lachen – sie hatte ein helles, energisches Lachen, wenn sie sich freute, doch auch wenn sie verlegen oder ihr ein kleines Missgeschick unterlaufen war, pflegte sie zu lachen, dann warf sie den Kopf ein wenig zur Seite und rollte mit den Augen. Und ihre Hände – sie hatte ausdrucksvolle, recht große Hände und einen Daumennagel, der seltsam gewölbt war und in den er sich sofort verliebt hatte. Ja, als er sie in der Mensa mit Freunden getroffen hatte, hatte er sich zuerst in ihren Daumen verliebt, dann in ihr Lachen und dann …

»Was ist los?«, fragte Mark. »Willst du nicht mehr weitergehen?«

Ohne es bemerkt zu haben, hatte Christoph seinen Schritt verlangsamt. »Ich muss etwas trinken«, sagte er. Er nahm den Rucksack vom Rücken, holte die Flasche Orangensaft hervor und trank. Dann reichte er Mark die Flasche. Es war fast halb vier und nahezu stockdunkel, und ehrlich gesagt fürchtete er, die Orientierung verloren zu haben.

Mark gab ihm die Flasche zurück. »Du glaubst nicht, dass wir Rosa hier finden, nicht wahr?«, sagte er leise.

»Es wird nicht ganz einfach werden«, erwiderte er.

Dann gingen sie weiter. Als Christoph schon aufgeben wollte, fand Mark eine Zigarettenkippe, die keine Witterungsspuren aufwies, sondern aussah, als wäre sie vor ein paar Momenten weggeworfen worden. Sie schöpften neue Hoffung, auch wenn es immer ungemütlicher und kälter wurde. Christoph fragte sich allerdings, was sie tun sollten, wenn sie die beiden Männer fanden. Die Polizei rufen und den Diebstahl eines Schweins melden? Er musste sich eingestehen, dass er, um Mark zu beruhigen, einfach losgelaufen war und keine Ahnung hatte. Zwischendurch prüfte er, ohne dass Mark es bemerkte, ob sein Handy noch Empfang hatte – nein, kein Empfang, hier waren sie im tiefen Nirgendwo angekommen. Es war besser, umzukehren.

Irgendwann gerieten sie auf eine Lichtung, und hier entdeckten sie eine Spur, für die man kein Experte sein musste, um sie zu lesen. Fette, tiefe Reifenspuren. Ein schwerer Wagen war auf die Lichtung gefahren und hatte gewendet, bevor er wieder verschwunden war.

Mark blieb stehen und betrachtete die Reifenabdrücke. An einer Stelle war der Wagen so tief in den Morast eingesunken, dass man eine Fußmatte zu Hilfe hatte nehmen müssen, um aus dem Loch zu gelangen. Die Fußmatte lag noch da. Christoph erkannte den Schriftzug »Porsche«. Wie war ausgerechnet ein Porsche hierhergekommen?

»Hier haben sie Rosa verladen«, sagte Mark leise. Seine Worte verhallten hell und klar in der Dunkelheit.

Christoph sagte nichts. Ihre Suche war hier zu Ende. Die Männer waren mit dem Schwein auf und davon, und sie hatten nichts, kein Autokennzeichen, keine genaue Beschreibung des Wagens, nur eine Fußmatte mit der Aufschrift »Porsche«.

»Ich werde nachher die Polizei anrufen – mich erkundigen«, sagte Christoph schließlich, aber Mark ging nicht darauf ein.

Es wurde bitterkalt, und dann rieselte der erste Schnee herab. Kleine, wässrige Flocken schwebten um sie herum.

Mark stand da und bewegte sich nicht. Er blickte zu der Fußmatte hinüber, sein Mund formte lautlos Worte, als wolle er diese Matte beschwören, ihm irgendetwas über Rosa mitzuteilen.

»Komm!«, sagte Christoph dann. »Wir müssen zurück. Ich friere.« Er zog Mark an der Hand, der sich jedoch versteifte. »Du wirst krank werden. Wir kommen morgen wieder …«

»Wenn wirklich Mama das Schwein geschickt hat«, flüsterte Mark, »dann hat sie doch auch auf Rosa aufgepasst, oder? Wie können dann die bösen Männer mit Rosa abhauen?«

Christoph wusste darauf keine Antwort. Mit sanftem Nachdruck führte er seinen Sohn von der Lichtung auf den Weg zurück. Der Schnee fiel jetzt unaufhörlich. Zum Glück hatten sie die starke Taschenlampe dabei. Trotzdem verirrten sie sich hoffnungslos, nachdem sie zwei Weggabelungen passiert hatten. Mark schien es gleichgültig zu sein. Schweigend und ohne jeden Blick für seinen Vater trottete er neben ihm her. Als sie auf einen breiten Waldweg gerieten, der offenbar von Holzfällern mit ihren Fahrzeugen benutzt wurde, beschloss Christoph, ihm zu folgen. Irgendwann würden sie auf eine Straße gelangen und konnten sich dann neu orientieren.

Sie passierten Fischteiche, die im fahlen Winterlicht schimmerten, dann Wegweiser zu einer Waldschenke und einem Ökohof mit Namen »Sonnenblume« – von einem Gebäude war aber weit und breit nichts zu sehen.

Wenig später jedoch vernahm Christoph aus der Ferne Motorengeräusche. Eine Straße! Auch sein Handy zeigte wieder Empfang an – zwei Balken.

Mark sagte noch immer kein Wort, dann kniete er

sich auf einmal hin und begann zu weinen. Sie waren mehr als drei Stunden durch den Wald geirrt, der Junge war am Ende seiner Kräfte.

Christoph nahm seinen Sohn in die Arme und trug ihn Richtung Straße. Bald darauf erreichten sie das Dorf, das kurz vor der Abzweigung zu ihrem Haus lag, wie er erleichtert erkannte.

Die Dorfschenke neben der Kirche hatte geöffnet. Lustlos stocherten sie in ihrem Omelett, so ziemlich das einzige Gericht von der Karte, das in Frage kam, denn ein Schweineschnitzel oder eine Wurst hätte keiner von ihnen bestellen mögen.

7

Der alte Windhorst, der zufällig in der Schenke auftauchte, war so freundlich, sie zum Haus zu fahren, doch welch schweigsame, freudlose Gäste hatte er an Bord!

Christoph gelang es noch, etwas Konversation zu betreiben, ohne allerdings Rosa zu erwähnen. Auch den Themen »Anna« und »Agentur« versuchte er auszuweichen – Windhorst hielt ihn offenbar für einen schwerreichen Geschäftsmann, der einen persönlichen Schicksalsschlag hatte erleiden müssen. Anna erwähnte auch er nicht.

Mark hingegen brachte kein Wort heraus. Nur einmal gab er eine Antwort, als Windhorst ihn nach seinen Wünschen zu Weihnachten befragte.

»Nichts«, flüsterte der Junge, »gar nichts.«

Danach verfiel sogar der redselige Windhorst in Schweigen und war augenscheinlich froh, sie vor ihrem düsteren Haus absetzen zu können.

Es war mittlerweile acht Uhr. Mark blickte kurz in den leeren Schuppen, als könne Rosa wie von Geisterhand zurückgekehrt sein.

Christoph entzündete ein Feuer im Kamin, damit es wenigstens einigermaßen warm im Haus wurde, dann schalteten sie den Fernseher an. Mark kuschelte sich neben ihn, immer noch ohne ein Wort. Aber es gehörte nicht viel dazu, die Gedanken des Jungen zu erraten: schon wieder ein Verlust, nach der Mutter nun ein Spielgefährte, wie er noch nie einen gehabt hatte.

Als in dem Film, den sie sahen, ein Schwein auftauchte, stöhnte Mark kurz auf, und Christoph schaltete sofort ab.

»Wie wäre es, wenn wir morgen in der Stadt in den Zoo gehen?«, fragte er und bedauerte seinen Vorschlag sofort. Gab es nicht auch im Zoo Schweine – Stachelschweine oder exotische Hängebauchschweine? »Und danach gehen wir Geschenke kaufen«, setzte er hinzu. »Wie wäre es mit einem neuen Videospiel oder einer Autorennbahn?« Waren Kinder nicht ganz versessen auf solches Spielzeug?

Mark schaute ihn nur mitleidig an.

»Was«, begann er, »was können die Männer mit Rosa anfangen, wenn sie sie nicht schlachten wollen? Ich verstehe das nicht. Ist Rosa doch ein Zirkustier? Kann sie Dinge, die sonst niemand kann?«

Christoph bewunderte seinen Sohn insgeheim – er war erst acht Jahre alt, aber der Gedanke an Rosa ließ ihn nicht los. Und er stellte die richtigen Fragen. Warum zogen zwei zwielichtige Gestalten los, um ein Schwein zu suchen? Es gab kostbare Pferde und Mastbullen, aber gab es auch prämierte Sauen, deren Nachwuchs Preise gewann? Ja, bestimmt gab es so etwas, aber nach solcherlei Geschäften hatten die Männer nicht ausgesehen.

»Wir könnten morgen in die Kreisstadt fahren und in der Zeitung eine Anzeige aufgeben. ›Rosa gesucht. Wer hat unsere kluge rosafarbene Sau gesehen?‹ Wir tun einfach so, als hätte das Schwein uns gehört. Was hältst du davon? Vielleicht meldet sich ja jemand.«

Mark nickte, doch ohne große Überzeugung. »Wenn Rosa nicht mehr kommt, möchte ich auch nicht mehr hier sein«, flüsterte er. Wenig später war er auf dem Sofa eingeschlafen.

Christoph öffnete eine Flasche Rotwein, die er rasch leerte. Sich an seine Unterlagen zu setzen schaffte er nicht. Er musste sich eingestehen, dass er am Ende seiner Kräfte war. Am besten wäre es, die Agentur zu verkaufen – damit konnte er vielleicht die Schulden begleichen, und ein wenig Geld bliebe noch, um sich für zwei, drei Monate zu orientieren und sich um Mark zu kümmern. Wenn Mark in der Schule war, konnte er freiberuflich arbeiten, ein paar Kunden, die ihm vertrauten, hatte er noch. Keine sehr erfreulichen Aussichten, aber immerhin so etwas wie ein Plan für die nähere Zukunft. Und das Haus würde er auch verkaufen; es hingen zu viele Erinnerungen an Anna daran – und Mark würde fortan immer an Rosa denken, wenn sie hierherkamen.

Doch irgendwie nagte der Gedanke an ihm, nicht zu wissen, was mit Rosa geschehen war. Er überlegte, Robert, seinen besten Freund, anzurufen oder Annas Eltern. Oder sollten sie noch einmal im Internet recherchieren? Doch nein, vermutlich würde er sich lächerlich machen. Aber möglicherweise gab es einen Tierarzt im Dorf, der etwas über die geheimen Fähigkeiten von Schweinen wusste. In der Zeitung hatte er einmal etwas von ungarischen Wollschweinen gelesen, Schweine, die wirklich ein wenig Schafen ähnelten; sie sollten sehr kostbar sein, weil es nur noch sehr wenige Exemplare auf der Welt gab. Aber solch ein Schwein war Rosa nicht gewesen. Auf den ersten Blick hatte sie wie eine ganz gewöhnliche Sau ausgesehen, kein fast ausgestorbenes Urschwein, keine besondere Züchtung. Christoph bedauerte, dass er mit seinem Handy kein Foto von dem Schwein geschossen hatte. Aber vermutlich hätte das bei der Suche auch nicht geholfen.

Er legte noch ein paar Holzscheite auf das Feuer, dann warf er sich eine Decke über, schob die beiden Sessel zusammen und machte es sich bequem. Er war sogar zu müde, um Mark hoch ins Schlafzimmer zu tragen.

Nachdem er das letzte Glas geleert hatte, legte er den Kopf auf die Kissen und schlief ein. Wenigstens war es im Haus schön warm geworden.

Rosa war ein Rennschwein – so war es. Warum war er nicht längst darauf gekommen? Die schnellste Sau der Welt – auf allen Rennbahnen dieser Welt zu Hause. Ungeschlagen hatte sie die hochdotierten Rennen von New York, Sydney und Hongkong gewonnen. Wer auf sie gewettet hatte, konnte nicht verlieren. Ihr Besitzer war durch sie Millionär geworden, und nun war der Nachwuchs an der Reihe. Jedes Ferkel, das Rosa warf, war ein potenzieller Derbysieger. Deshalb waren die Männer hinter Rosa her. Rosa – die Mutter aller Rennschweine. Doch Moment, wer war die Frau an Rosas Seite? Die Frau mit dem ausladenden weißen Hut und in dem eleganten weißen Kleid? Ihre Lachen verriet sie. Was hatte Anna mit Rosa zu tun? Die beiden gehörten zusammen – Anna war Rosas Besitzerin? Aber warum hatte er nichts davon gewusst? Das war doch unmöglich. Mark, Mark, ich habe eine Neuigkeit für dich … Mark …

Christoph schreckte hoch. Er lag noch immer auf den beiden zusammengeschobenen Ledersesseln. Der Rücken tat ihm weh, und sein Mund war völlig ausgetrocknet. Der verdammte Rotwein – schon wieder. Wenn er nicht aufpasste, wurde er allmählich zum Alkoholiker. Mark lag unter der dicken Decke auf dem Sofa und schlief. Die Uhr an der Wand zeigte acht Uhr dreizehn. Draußen wurde es allmählich hell.

Er hatte von Rosa geträumt, fiel ihm ein. Die dicke Sau – ein Rennschwein. Wie lächerlich! Und Anna war auch in diesem Traum vorgekommen. Ja, eigentlich kam sie in jedem seiner Träume vor.

Mühsam erhob er sich und streckte den Rücken durch. Obwohl die Elektroheizung eingeschaltet war, war es kalt im Haus. Er schürte das Feuer, das heruntergebrannt war, und legte drei Holzscheite auf. Dann blickte er hinaus. Alles war weiß. Bis tief in die Nacht war Schnee gefallen.

Übermorgen war Heiligabend, zwei Tage nur noch, dachte er mit Entsetzen. Er hatte kein einziges Geschenk – weder für Mark noch für Annas Eltern. Wie trostlos würde es sein, ohne Anna vor dem geschmückten Tannenbaum zu sitzen. Vielleicht hätte er doch zu seinen Eltern fahren sollen, die mittlerweile in einem Haus in Griechenland lebten. Immerhin hätte er da nicht ständig an Anna denken müssen.

Mark räkelte sich unter der Decke, aber er wachte nicht auf. Erschöpft sah der Junge aus. Hoffentlich hatte er sich gestern im Wald nicht erkältet.

Christoph kochte sich einen Kaffee, ohne den er morgens nicht klar denken konnte, dann schaute er sich um. In den wenigen Tagen, die sie nun hier waren, hatten sie ein ziemliches Chaos angerichtet. Auf dem Tisch stapelten sich seine Unterlagen, überall lagen Kleidungsstücke herum, schmutzige Gläser und Tassen standen in der Küche. Er würde gründlich aufräumen müssen, und dann würden sie abfahren. Ja, das war vielleicht das Beste. Vorher würde er, um Mark zu beruhigen, eine Anzeige aufgeben und seine Handy-Nummer angeben, falls tatsächlich jemand Rosa gesehen hatte.

Und morgen würden sie dann, wie verabredet, zu Annas Eltern fahren und Weihnachten feiern – irgendwie.

Am besten war es, ihnen nichts von ihrem Abenteuer mit Rosa zu erzählen. Annas Mutter brachte es fertig, Mark als niedlichen Ersatz ein Plüschschwein zu schenken.

Der Kaffee brachte ein paar Lebensgeister zurück. Auch die Wärme zog wieder ins Haus ein. Hier hätte man wirklich glückliche Tage verbringen können, dachte

Christoph sehnsuchtsvoll. Am zweiten Weihnachtstag würde er zu Annas Grab gehen, die Lichter auswechseln und Blumen hinlegen, doch ohne Mark. Er wollte zwar immer mit zum Grab seiner Mutter, aber hinterher war er kaum ansprechbar.

Oder sollte er ganz zu seinen Eltern nach Griechenland ziehen, fort aus Deutschland, und sich dort eine Arbeit suchen?

Christoph trank seinen Kaffee und schloss für einen Moment die Augen.

Anna, ich bin völlig haltlos, sprach er stumm vor sich hin. Dabei müsste ich wenigstens für Mark ein Halt sein, aber der trauert einem Schwein hinterher. Dieses Schwein hat in einem Tag so viel Liebe in sein Leben gebracht, wie ich es in zwei Monaten nicht geschafft habe.

Nein, sagte Anna. Sie war plötzlich in seinem Kopf, eine gesunde, nachdenkliche Anna. Sie blickte ihn an, als würde sie von ihrer Arbeit aufschauen, von irgendwelchen Bauplänen, die sie gezeichnet hatte. Eine blonde Strähne im Gesicht, die grünen Augen ganz auf ihn gerichtet. Du bist zu streng mit dir – das bist du so oft. Du hast alles richtig gemacht, aber Rosa war etwas ganz Besonderes. Mit einem klugen Rennschwein kann ein Vater eben nicht konkurrieren.

Er musste unwillkürlich lächeln.

Dann öffnete er die Augen wieder.

Anna hatte recht – er machte das Beste aus der Situation, und eine Flucht nach Griechenland, wo er kaum Arbeit finden würde, wäre auch keine Lösung.

Er schenkte sich einen zweiten Kaffee ein. Mark auf dem Sofa wurde unruhig. Gleich würde er erwachen. Es wäre gut, dachte Christoph, wenn er einen Plan für den Tag hätte, um ihn abzulenken. Komm, wir packen unsere Sachen und kaufen Geschenke. Blumen für die Oma und einen teuren Wein für den Opa.

Oh, er würde sich viel Mühe geben müssen, um tatendurstig und zuversichtlich zu klingen.

Ein Rauschen war plötzlich zu hören, so als würde noch Wasser kochen. Aber nein, da kochte nichts auf dem Herd. Ein Auto fuhr draußen vor. Christoph ging zum Fenster. Ein alter weißer Mercedes-Kombi mit braunen Rostflecken, auf dessen Dach ein Weihnachtsbaum festgebunden war.

Christoph kniff die Augen zusammen. Eine Gestalt in einem hellen Mantel hockte hinter dem Steuer. Bremsen quietschten. Leicht rutschend kam der Wagen zum Stehen. Hatte Windhorst ihnen einen Weihnachtsbaum bestellt, damit ihr Fest nicht so freudlos wurde? Dem Alten war alles zuzutrauen.

Eine Frau stieg aus. Sie war noch recht jung, ihr blondes Haar war zusammengebunden, doch ein paar Strähnen wehten um ihren Kopf. Sie trug eine weiße Jacke mit einem Fellbesatz am Kragen und einen orangefarbenen Schal. Mit ernster Miene blickte sie zum Haus. Christoph schaffte es im letzten Moment, sich vom Fenster zurückzuziehen.

Drei Sekunden später klopfte es an der Tür. Mark öffnete die Augen und starrte ihn an.

»Da ist jemand«, sagte er heiser.

Christoph nickte. »Eine Frau mit einem Weihnachtsbaum – keine Angst.«

Er ging zur Tür und öffnete. Die Frau war doch nicht so jung, wie es vom Fenster aus gewirkt hatte. Fältchen kräuselten sich um ihre Augen, auf ihrem Mund glänzte Lipgloss; ihre Gesichtsfarbe ließ vermuten, dass sie sich viel im Freien aufhielt. Doch wie eine Bäuerin sah sie ganz und gar nicht aus.

Sie räusperte sich, lächelte dann verlegen. Sie hatte grüne Augen, in denen ein ernster, matter Glanz lag, als hätte sie in den letzten Nächten zu wenig geschlafen.

»Tut mir leid«, sagte Christoph und blickte an der Frau vorbei zu ihrem Wagen. »Ich glaube nicht, dass wir einen Weihnachtsbaum brauchen.«

Irritiert wandte die Frau sich um. »Oh«, sagte sie. »Nein, das ist mein Baum – bin wieder ein wenig spät dran.« Sie seufzte und leckte sich über die Lippen.

Plötzlich war Mark neben ihm und drückte sich an ihn.

»Es ist so …«, begann die Frau. Sie streckte ihre rechte Hand vor, um sie Christoph zu reichen. Ein kurzer, kräftiger Händedruck folgte. »Ich heiße Leonie Kunze – und ich suche … Es klingt vielleicht ein wenig albern, aber ich suche Sonja, ein Schwein von der Sonnenblume, meinem Ökohof.«

8

Für einen Moment trat Stille ein. Leonie Kunze verzog verwundert das Gesicht, weil Christoph vor Verblüffung die Augenbrauen hochgezogen hatte. Dann schrie Mark: »Du suchst Rosa – Rosa war dein Schwein?«

»Wieso Rosa?« Die Frau blickte Christoph an.

»Vielleicht kommen Sie erst einmal herein«, bat er sie, während Mark sich kaum beruhigen konnte.

»Rosa war bei uns im Schuppen!«, rief er. »Wir haben ihr einen Stall gebaut, und sie hat ganz viel gegessen, dann sind zwei komische Männer gekommen, aber die haben wir weggeschickt, und dann ...«

»Mark«, wandte Christoph sich lächelnd an seinen Sohn, »vielleicht wartest du ab, was genau Frau Kunze will. Und dann erzählen wir, was es mit Rosa auf sich hat.«

Leonie Kunze nickte ihm dankbar zu. Im Wohnraum setzten sie sich an den Tisch, nachdem Christoph seine Unterlagen beiseitegeräumt hatte. Dann machte er sich erneut daran, Kaffee zu kochen, und Mark stürzte ein Glas Saft hinunter. Er schwieg nun und musterte die blonde Frau argwöhnisch, als müsse er überprüfen, ob sie eventuell etwas mit den beiden Männern zu tun haben könnte.

»Wenn ich Ihre Aufregung richtig verstehe, dann ist mein Schwein bei Ihnen gewesen«, sagte Leonie Kunze. Sie hatte ihre weiße Flauschjacke abgelegt und nahm den Kaffee mit einem dankbaren Nicken entgegen.

»Könnte sein«, erwiderte Christoph. »Ist Ihr Schwein etwas Besonderes – ich meine, kann es vielleicht etwas, das andere Schweine nicht können?«

»O ja.« Leonie Kunze hob die Augenbrauen und nippte an dem heißen Kaffee. »Ich besitze ein paar Kilometer von hier einen Ökohof, ich habe ihn mit Max… mit meinem ehemaligen Freund gegründet. Nun mache ich das ganz allein, weil Max… Na egal. Zwei Frauen aus dem Dorf helfen mir gelegentlich. Ich verkaufe Brot, Honig und Gemüse in meinem Laden, und ich gebe Kurse, meistens für Kinder. Über das Landleben – wo die Milch herkommt, wie man Käse macht, solche Sachen.«

»Toll!«, warf Mark ein. »Da würde ich auch gern mal kommen.«

Leonie Kunze lächelte ihm zu. »Ich habe auch ein paar Tiere, einen Hund, eine Kuh, die so alt ist, dass sie keine Milch mehr gibt, und ein Schwein – und das ist Sonja. Moment.« Aus der hinteren Hosentasche ihrer Jeans kramte sie ein Foto hervor – schwarz-weiß und offensichtlich aus einer Zeitung herausgerissen. »Tut mir leid.« Sie blickte Christoph entschuldigend an. »Inzwischen ist mir aufgefallen, dass ich kein richtig gutes Foto von Sonja habe.«

Christoph blickte auf das Bild. Er sah ein gewöhnliches Schwein ohne besondere Merkmale, und hatte keine Ahnung, ob es Rosa war oder nicht.

Auch Mark hatte sich sofort über das Foto gebeugt. »Klar!«, rief er. »Das ist Rosa.« Aufgeregt schlug er mit seiner schmalen Faust auf den Tisch.

»Nun …« Christoph wollte beschwichtigen, doch erneut kam Mark ihm zuvor. »Was ist denn so besonders an Rosa? Das haben wir uns die ganze Zeit gefragt.«

Leonie Kunze lächelte wieder. Zwei kleine, nette Grübchen erschienen auf ihrer Wange. Sie war hübsch, und doch sah sie müde aus. Sanfte, dunkle Schatten lagen unter ihren Augen.

»Sonja ist schon acht Jahre alt«, erklärte sie. »Ich habe sie von der Polizei übernommen.«

»Polizei?«, krähte Mark verblüfft. »Das Schwein war ein Polizist?«

Christoph legte ihm beruhigend die Hand auf den Arm. Die Augen des Jungen glühten vor Aufregung.

»Nun, irgendwie schon. Sonja ist eigentlich in einem Freizeitpark zur Welt gekommen, doch dann hat ein Polizist sie aufgezogen. War wohl damals eine Wette oder so. Der Polizist arbeitete eigentlich mit Hunden, er hat sie als Spürhunde ausgebildet, aber manchmal, wenn es zu heiß wird und Hunde zu viel hecheln müssen, hören sie auf zu suchen, was sie suchen sollen.« Leonie nippte wieder an ihrem Kaffee.

»Und dann?«, fragte Mark, den es kaum noch auf seinem Stuhl hielt.

»Deshalb hat der Polizist ausprobiert, ob auch ein

Schwein zum Aufspüren von Sachen taugt. Schweine sind klug und lernen gern und schnell. Der Polizist hat mit Sonja von klein auf trainiert und hat sie dann auch neben seinen Hunden zu Einsätzen mitgenommen. Sonja ist richtig berühmt geworden. Sie ist sogar mehrmals im Fernsehen gezeigt worden, und auf einer Postkarte ist sie auch abgebildet.«

»Sonja wurde also ein Spürschwein.« Christoph begann zu begreifen, warum die Männer hinter dem Schwein her gewesen waren.

»Genau. Sie wurde ausgebildet, um Sprengstoff aufzuspüren. Gerade auf ehemaligen Truppenübungsplätzen liegt oft jede Menge alte Munition und Sprengstoff im Boden, ohne dass jemand genau weiß, wo. Sonja wurde dann herumgeführt und hat in der Erde gegraben, um anzuzeigen, wo irgendwelche Sprengmittel lagen. Fünfzehn verschiedene Sprengstoffarten konnte sie auseinanderhalten. Schweine sind ziemlich schlau und haben einen ausgezeichneten Geruchssinn«, erklärte Leonie Kunze, nun an Mark gewandt.

»Toll!«, sagte Mark und blickte seinen Vater beinahe vorwurfsvoll an. »Ich habe doch gewusst, dass Rosa besonders schlau ist.«

»Ja«, sagte Christoph. »Das hast du.«

»Sonja ist also bei Ihnen gewesen?«, fragte Leonie Kunze. »Und wo ist sie jetzt?«

»Nun, die Geschichte ist folgende«, erwiderte Christoph. »Vorgestern Morgen stand plötzlich ein Schwein vor der Tür. Mark hat es entdeckt. Wir haben das Schwein gefüttert und ihm sogar einen kleinen Stall in unserem Schuppen gebaut. Später am Abend …« Mit Mühe konnte er seinen Sohn zurückhalten, der ihm ständig ins Wort fallen wollte. »Am Abend sind zwei Männer aufgetaucht und haben nach Rosa … nach Sonja gefragt, und als wir gestern gegen Mittag zurückgekehrt sind, war die Tür zum Schuppen aufgebrochen, und das Schwein war verschwunden.«

»Wir haben den ganzen Nachmittag nach Rosa gesucht«, fügte Mark mit trauriger Stimme hinzu.

»Verstehe«, sagte Leonie Kunze. Ihre makellose Stirn hatte sich in Falten gelegt. In ihren grünen Augen lag ein ärgerliches Glimmen. »Waren das zwei Kerle in Anzügen – und der eine trug eine Sonnenbrille? Gaben sich ziemlich viel Mühe, bedrohlich zu wirken?«

»Ja!«, rief Mark. »Sie sahen richtig böse aus – wie in *Men in Black*.«

»*Men in Black?*« Christoph bedachte seinen Sohn mit einem strengen Blick. »Du bist acht Jahre alt – woher kennst du *Men in Black*?«

»Ist doch egal«, erwiderte Mark mürrisch. »Hab ich bei Mehmet geguckt.« Mehmet war wohl ein Klassenkamerad, den Christoph nicht kannte.

»Die beiden Männer sind auch auf meinem Hof gewesen«, berichtete Leonie Kunze. »Vor drei, vier Tagen. Sie haben mir erzählt, dass sie Locations für einen Film suchen, und haben mich ganz schön ausgefragt. Fünfhundert Euro für einen Drehtag würden sie bezahlen. Irgendwie habe ich ihnen das nicht richtig geglaubt. Aber fünfhundert Euro für einen Tag wären nicht schlecht gewesen. Könnte ich wirklich sehr gut gebrauchen.« Sie seufzte und trank ihren Kaffee aus. Dann leckte sie sich wieder über die Lippen. Das schien eine Angewohnheit von ihr zu sein. Immer mehr blonde Strähnen fielen ihr ins Gesicht.

»Haben die Männer sich auch nach Sonja erkundigt?«, wollte Christoph wissen.

»Ja, sogar ziemlich ausführlich – und sie haben auch Fotos gemacht. Von meinem ganzen Hof, von dem Stall, der Wiese, nur nicht vom Laden. Na, ich habe mir nichts dabei gedacht. Filmleute machen wohl überall Fotos, vor allem, wenn sie irgendwelche Schauplätze suchen.«

»Sie haben geguckt, wie sie Rosa klauen können«, sagte Mark.

Christoph nickte. »Sieht ganz so aus. Aber wie ist das Schwein dann zu uns gekommen?«

»Wahrscheinlich ist Sonja ihnen abgehauen, als sie das Tier verladen wollten.« Leonie Kunze blickte zur Küche. Christoph erriet, was sie wollte, und brachte ihr noch einen Kaffee. »Sonja hat einen ziemlich eigenwilligen Charakter – manche Besucher können ein Lied davon singen. Sie mag nicht jeden. Meistens weiß sie genau, wer es gut mit ihr meint und wer nicht.«

»Mich hat sie sofort gemocht.« Mark verzog das Gesicht und blickte sinnend zum Fenster.

»Leider schlafe ich über meinem Laden. Da kriege ich nicht mit, was nachts mit den Tieren los ist. Ich habe den Stall auch nie abgeschlossen. Die beiden Typen mussten nur reingehen, Sonja wecken und sie mit Futter in einen Anhänger locken. Es war kinderleicht, verdammt.« Plötzlich hatte Leonie Kunze ein Beben in ihrer Stimme, als würde sie gleich losschluchzen. »Es klingt zwar komisch, aber irgendwie hänge ich an Sonja. Sie macht viel Dreck und Arbeit, aber sie ist klug – ich mag ihr Grunzen, und manchmal sitze ich da und lese ihr etwas vor, und dann dreht sie den Kopf und grunzt fröhlich, als hätte sie mir zugehört und wollte mir antworten.«

»Ich habe ihr Kekse zu essen geben und Ravioli – die hat sie gern gegessen«, fiel Mark ein, als Leonie für einen Moment schwieg. »Wäre toll, wenn wir sie wiederfinden würden.«

Abermals trat für Augenblicke Stille ein. Dann klingelte Christophs Handy. Er blickte auf das Display. Annas Mutter – sie würde wissen wollen, wann sie denn genau eintreffen würden. Er drückte den Anruf weg.

»Na«, sagte Leonie Kunze. Ihre Stimme hatte sich wieder gefangen. »Sonja wird schon nichts passieren. Um geschlachtet zu werden, ist sie eigentlich zu alt.« Sie blickte auf die Uhr. »Oje, ich muss meinen Laden aufmachen. Hoffentlich kommen heute ein paar Leute. Danke für den Kaffee.« Sie erhob sich und lächelte Mark an. »Komm mich doch mal besuchen. Moritz, mein Hund, kann eine Menge Kunststücke, und dann ist da noch Luisa, meine Kuh. Sie hat wunderschöne braune Augen und …«

Christoph streckte seine Hand aus und berührte die blonde Frau am Arm. Ein Gedanke war ihm gekommen, der ihn nicht mehr losließ. So viel Aufwand, um ein altes Schwein zu stehlen.

»Sprengstoff«, sagte er. »Warum brauchen diese beiden Männer ein Schwein, das Sprengstoff aufspüren kann? Sind sie Terroristen? Wollen sie eine Bombe bauen? Aber dafür fährt man doch nicht durch die Gegend und gräbt irgendwelches vergessenes Dynamit aus der Erde.«

Leonie Kunze setzte sich wieder. Sie riss die Augen auf und starrte Christoph an. Klein und fern erkannte er sich selbst in ihren Pupillen.

»Verdammt«, sagte sie. »Wie dumm bin ich denn! Sie haben recht. Die Männer haben etwas ganz anderes vor. Sonja kann nicht nur Sprengstoff riechen.« Sie verstummte und beugte sich vor, als wollte sie Christoph vor Dankbarkeit auf die Wange küssen. Er roch einen Hauch von Parfüm.

Instinktiv wich er ein wenig zurück. »Was kann Sonja denn noch?«

»Sonja kann auch Drogen aufspüren – Heroin und Kokain. Da war sie besonders erfolgreich. Stand auch groß in der Zeitung. Sie hat in einem Wald einmal geholfen, fünfzehn Kilogramm reines Heroin zu finden.«

9

Sonja war ein Drogenschwein – das war die Erklärung, warum die Männer sie gesucht hatten.

Christoph ballte die Faust. Ja, sie hatten gemeinsam das Rätsel gelöst. Fast hätte er Leonie Kunze umarmt, aber das tat Mark dann für ihn.

Schnell kamen sie überein, dass sie weitere Erkundigungen einziehen mussten. Leonie hatte in ihrem Büro einen Internetanschluss. Außerdem wollte sie mit ihnen alle Unterlagen über das berühmte Polizeischwein Sonja durchsehen. Vielleicht fand sich da ja ein Hinweis, wer es gestohlen haben könnte.

Mark putzte sich in Windeseile die Zähne und zog sich an. Auch Christoph vollführte eine hastige Katzenwäsche und holte seine letzte und – wie er fand – zum Glück schönste Jeans hervor.

Leonie wollte in ihrem alten Mercedes mit dem Tannenbaum auf dem Dach vorausfahren, und Christoph und Sohn sollten in ihrem Passat folgen. Doch dann lief Mark kurzentschlossen auch zum Mercedes und sprang mit einem fröhlichen Winken auf den Beifahrersitz.

Christoph winkte zurück. Klar, Mark wollte Leonie aushorchen, ohne dass sein Vater dabei war. Er war wirklich nicht auf den Kopf gefallen. Während Christoph hinter ihnen herfuhr, konnte er sehen, dass die beiden sich angeregt unterhielten. Mark wippte auf und ab und fuchtelte mit den Händen, und Leonie drehte ständig den Kopf in seine Richtung und achtete mehr auf den Jungen als auf die Straße. Insgeheim hoffte Christoph, dass Mark nur von Sonja sprach und nicht auch erwähnte, was mit seiner Mutter geschehen war. Fremden gegenüber blieb er, was Anna anging, normalerweise sehr verschlossen, doch bei Leonie, die schließlich Sonjas Besitzerin war, mochte alles anders sein.

Sie mussten zurück ins Dorf, dann ging es ein paar Kilometer über die Bundesstraße, bis ein schmaler Waldweg, den nur Einheimische finden konnten, zu dem Ökohof führte. Kein Wunder, dass Leonie nicht viele Kunden hatte.

Das Haus, in dem sich Leonies kleiner Laden befand, sah aus, als könne man hier den Film »Hänsel und Gretel« drehen – ein winziges, weiß verputztes Haus mit einem Strohdach, was hier in der Gegend äußerst selten vorkam, und einem kleinen Schaufenster.

Christoph hielt auf einem schmalen Streifen Schotter, der offenbar als Kundenparkplatz dienen sollte.

Mit roten Wangen sprang Mark aus dem Auto und winkte seinem Vater zu, als hätten sie sich eine Ewigkeit nicht gesehen.

»Weißt du, dass Leonie auch drei Schafe hat?«, rief er. »Sie heißen Will und Schmidt und Rita. Lustig, was? Und sie kann auch Schafe scheren und Wolle und Pullover machen.«

»Wie interessant«, erwiderte Christoph mit einem Blick auf Leonie, der das Geplappere seines Sohnes offenbar ein wenig peinlich war. Ihr Weihnachtsbaum auf dem Autodach hatte ziemlich gelitten, einige Zweige hatten schon fast alle Nadeln verloren.

»Soll ich Ihnen mit dem Baum helfen?«, fragte Christoph, während Leonie sich an dem Schloss zu ihrem Laden zu schaffen machte, das anscheinend klemmte.

»Ich möchte aber erst die Tiere sehen!«, rief Mark. »Und dann müssen wir Rosa finden und dann …«

Leonie drehte sich kurz um. Sie nickte. »Ja, es wäre schön, wenn Sie den Baum losbinden könnten. Sonst fahre ich wahrscheinlich bis Heiligabend mit dem Ungetüm herum.« Sie ruckelte am Schloss und hatte es dann endlich geschafft, die Tür zu öffnen.

»Bist du denn Heiligabend ganz allein mit deinen Tieren?«, hörte Christoph seinen Sohn fragen. »Kriegen deine Tiere auch Geschenke?«

Die Antwort, die Leonie gab, konnte er nicht mehr hören – obschon es ihn interessiert hätte, wie eine solch junge Frau in dieser Einöde Weihnachten feierte. Aber wahrscheinlich wohnte ihre Familie hier in der Nähe, oder sie hatte einen neuen Freund oder … Nein, es ging ihn gar nichts an, und außerdem würde er an Heiligabend bei seinen Schwiegereltern auf der Couch sitzen.

Er band den Weihnachtsbaum los und wuchtete ihn von dem Dach. Eine ziemlich große, ziemlich schiefe Tanne hatte Leonie sich da besorgt. Mit einiger Mühe schleppte er den Baum zum Hauseingang und lehnte ihn gegen die Wand.

Aus dem Inneren des Ladens konnte er wieder die Stimme seines Sohnes hören, dann erklang ein Bellen, und aus der Tür stürzte ein schwarzer, recht großer Hund.

»Moritz!«, rief Leonie. »Moritz, komm her!«

Doch der Hund dachte gar nicht daran, auf dieses Kommando zu hören. Er stürmte freudig auf Christoph zu und sprang an ihm hoch. Unwillkürlich zuckte Christoph zurück.

Einen Moment später war Leonie da und zerrte ihren Hund an seinem Halsband zurück. »Tut mir leid. Moritz ist manchmal sehr ungestüm, aber er mag Sie.«

»Klar«, erwiderte Christoph, »ich hoffe aber, er hat schon gefrühstückt.«

Leonie lächelte und zog den Hund in den Laden zurück. »Er hört eigentlich aufs Wort, doch er langweilt sich, wenn er allein ist«, fügte sie wie zur Erklärung für diesen Ausbruch hinzu. Dann befahl sie Moritz, sich hinzulegen, woraufhin er sofort gehorchte.

Der Laden war winzig. Drei grobe Holzregale an den Wänden mit Honig, Kerzen, ein wenig Gemüse, das aussah, als würde es schon eine Weile da liegen, sowie eine Gefriertruhe, die den Eindruck machte, als hätte sie mindestens fünfzig Jahre auf dem Buckel.

»Ich muss noch das Brot und die andere Frischware einräumen«, erklärte Leonie, als sie Christophs Blick bemerkte.

Er nickte, dann folgte er ihr in ein kleines Büro, das

sich hinter dem Laden befand. Offensichtlich verbrachte der Hund hier seine Zeit – auf einer alten Decke lagen ein Plastikknochen sowie eine zerfledderte Kekstüte, über die er sich hergemacht hatte. Durch ein recht großes Fenster blickte man auf eine karge, mit Schnee bedeckte Wiese, und auf einem alten Schreibtisch stapelten sich Zeitungen und Papiere – Rechnungen, meinte Christoph zu erkennen. Leonie wischte die Papiere burschikos beiseite und brachte einen Laptop zum Vorschein, den sie anschaltete.

Mark hatte sich unterdessen auch schon umgesehen. Von der Fensterbank, auf der neben zwei, drei aufgeschlagenen Büchern ebenfalls etliche Papiere lagen – Kontoauszüge, wie Christoph vermutete –, hatte er ein kleines gerahmtes Bild gepflückt, das ein lächelndes Baby in einem blauen Strampler zeigte.

»Ist das dein Kind?«, fragte er aufgeregt.

Leonie hob langsam den Kopf, dann ging eine seltsame Veränderung mit ihr vor. Eben noch freundlich lächelnd legte sich nun ein tiefer Schatten auf ihr Gesicht. Für einen Moment dachte Christoph, sie würde einen Wutausbruch bekommen, doch stattdessen sprang sie vor und riss Mark das Foto aus der Hand. »Nein«, flüsterte sie dann, »nein, das ist kein Kind«. Als würde das Foto etwas ganz anderes zeigen.

Mark hatte ihr Entsetzen auch bemerkt, er verharrte stocksteif und beobachtete stumm, wie sie das Foto in der obersten Schublade ihres Schreibtisches verschwinden ließ. Dann kam Moritz wieder wedelnd heran, er hatte seinen Knochen im Maul und stieß sie an, als wolle er sie zu einem Spiel animieren.

Auf dem Bildschirm des Laptops tauchte ein Logo auf, dann Leonies Bild, wie sie Sonja streichelte. Mark lachte begeistert auf.

»Ja, das ist Rosa!«, rief er und löste sich aus seiner Starre.

Leonie wandte sich wieder dem Computer zu, aber ihre Bewegungen hatten sich verändert – sie wirkte fahrig, durch irgendetwas abgelenkt.

Das Kind ... Klar, es musste etwas mit diesem Foto zu tun haben.

Christoph stellte sich neben sie, während sie sich auf den einzigen Stuhl setzte. Geschickt tippte sie »Sonja – Polizeischwein« ein, und wenig später tauchte ein längerer Wikipedia-Eintrag mit einem Foto von Sonja auf.

»Sehen Sie«, sagte Leonie und drehte sich zu Christoph um. Ihr Blick war noch immer düster.

Mark schob sich an Christoph vorbei, um ebenfalls auf den Bildschirm blicken zu können.

»Es gibt einen richtigen Lebenslauf für Sonja.« Leonie deutete auf den Bildschirm.

Auch einige Zeitungsartikel öffneten sich. Sonja war von einer Jury zum »Sparschwein des Jahres« gewählt worden – sie sei der ideale Beamte, genügsam und effizient und würde nie um eine Gehaltserhöhung bitten. Ein Drogensuchdienst hatte Sonja, nachdem sie einen Fall gelöst hatte, zur »Ehrensau« ernannt. Auf einem Foto war zu sehen, wie ein Mann ihr einen Orden umhängte.

»Unglaublich«, sagte Christoph. »Sonja war ja wirklich berühmt.«

Leonie lächelte wieder, doch zaghaft und irgendwie verlegen. »Hier ist noch etwas Schönes. Als Sonja aus dem Polizeidienst entlassen werden sollte, gab es sogar eine richtige Debatte im Landtag.« Auf einem Zeitungsartikel, den sie anklickte, war die Schlagzeile zu lesen: »Schweine in den Polizeidienst – Abgeordneter Börne setzt sich für Sonja ein.«

»Haben die Männer deswegen von Sonja gewusst?«, mischte Mark sich ein. »Haben sie Sonja darum entführt?«

Leonie schaute ihn direkt an – zum ersten Mal, seit er das Bild mit dem Kind in die Hand genommen hatte. »Wahrscheinlich«, sagte sie. »Von Sonjas Vergangenheit wissen eine Menge Leute, und ich mache ja auch Werbung damit. Jedem, der herkommt, erzähle ich von Sonja und ihren Künsten.« Sie seufzte.

»Können wir uns jetzt die Schafe angucken?« Mark zog an Christophs Hand, als müsse er dessen Aufmerksamkeit gewinnen.

»Gleich«, erwiderte Christoph, »aber vielleicht wäre es hilfreich, wenn wir vorher noch etwas anderes nachschauen. Ob es in dieser Gegend in letzter Zeit irgendwelche Probleme mit Drogen und Drogendealern gab. Oder vielleicht sogar Kämpfe innerhalb einer Drogenszene.«

»Sie meinen, dass irgendwelche Leute Gründe haben könnten, versteckte Drogen zu suchen, und dazu brauchen sie Sonja?«

»Ja, vielleicht«, erwiderte Christoph.

Während Mark sich mit dem Hund beschäftigte, rief Leonie ein paar Seiten auf, doch von einem Kampf unter Drogendealern war nirgends die Rede. Allenfalls eine kleine Meldung war interessant: Vor drei Wochen war ein Autohändler verhaftet worden, weil er angeblich Drogen geschmuggelt hatte. Der Name des Autohändlers war mit Frank P. angegeben.

»Fehlanzeige«, flüsterte Leonie. »So kommen wir nicht weiter.« Dann zuckte sie zusammen, weil die Ladentür lautstark ins Schloss fiel und eine tiefe Stimme rief: »Frau Leonie Kunze, geboren am 21.10.1981, sind Sie anwesend?«

10

Leonie blickte Christoph an – bohrend und zugleich unsicher, wie ihm schien.

»Ich bin gleich wieder da«, sagte sie leise, dann ging sie zur Tür, strich dabei über den Kopf ihres Hundes und straffte sich, als müsse sie sich für eine besonders unangenehme Aufgabe wappnen. Sorgsam schloss sie die Tür hinter sich.

Wer kam in ein Geschäft und kontrollierte die Besitzerin in Bezug auf ihren Namen und ihr Geburtsdatum?

»Leonie hat einen komischen Laden«, sagte Mark. Er war ans Fenster getreten und sah hinaus. »Gehen wir gleich zu den Schafen? Ich will die Schafe sehen – und dann müssen wir Sonja retten, ja?« Zum ersten Mal benutzte er den richtigen Namen des Schweins.

Moritz nagte an seinem Knochen und warf Christoph einen gelangweilten Blick zu.

Vorsichtig öffnete Christoph die Tür einen Spalt. Er hörte, wie Leonie sagte: »… aber das geht doch nicht … Ich habe Kunden … ich muss doch mein Geschäft führen …«

»Wie viele Kunden haben Sie denn am Tag – drei oder vier?« Die dunkle Männerstimme lachte, dann wurde sie ernst. »Frau Kunze, so leid es mir tut, aber ich muss nun einschreiten. Sie haben fünf Monate nicht mehr bezahlt. Immer haben Sie mich vertröstet. Ich muss meinem Chef Bericht erstatten. Wir können bei Ihnen keine Ausnahme machen.«

»Aber«, erwiderte Leonie mit zitternder Stimme, »es ist bald Weihnachten. Ich kann doch hier nicht im Dunkeln sitzen. Ich meine, Strom braucht doch jeder Mensch.« Sie seufzte.

Dann trat Stille ein, als hätte sie plötzlich die Sprache verloren, eine schwere, unangenehme Stille.

»Jeder Mensch muss auch seine Stromrechnung bezahlen.« Der Mann wirkte nun ebenfalls ein wenig ratlos. »Wie viel Geld können Sie mir denn jetzt bar in die Hand geben?«

»Wie viel?«, wiederholte Leonie, als hätte sie die Frage nicht verstanden.

»Ja, wie viel?«, erklärte der Mann ein wenig unwirsch, als hätte er es mit einem begriffsstutzigen Kind zu tun.

»Was ist denn da los?« Mark war plötzlich neben Christoph. »Hat Leonie Ärger?«

Christoph schob seinen Sohn ein Stück zurück; auch Moritz hatte sich von seiner Decke erhoben und stand nun ebenfalls da, als müsse er lauschen.

»Großer Gott, Frau Kunze«, sagte der Mann deutlich genervt, »Weihnachten hin oder her, ich muss Geld eintreiben, das ist mein Job. Wie viel können Sie mir geben, jetzt sofort, damit ich nicht gezwungen bin, den Strom abzustellen? Hundert Euro? Hundert müssten es schon sein, damit ich meinem Chef klarmachen kann …« Er brach ab und räusperte sich verlegen.

Wieder trat eine Pause ein. Sogar der Hund schien den Atem anzuhalten.

»Nichts«, sagte Leonie dann ganz leise. »Ich kann Ihnen gar nichts geben.«

»So nicht, Frau Kunze. Sie machen es mir wirklich schwer.« Jetzt klang der Mann strenger und so, als sei er im Begriff, die Geduld zu verlieren. »Dann sehe ich mich leider gezwungen, Ihre Stromleitung zu kappen, auf der Stelle.«

Ohne dass er überhaupt darüber nachdachte, öffnete Christoph die Tür und stürmte in den Laden. Ein untersetzter Mann mit grauen, streng gescheitelten Haaren, der in einen hellbeigefarbenen Regenmantel gekleidet war und eine Nickelbrille trug, hielt ein Klemmbrett vor sich, auf dem er etwas notierte. Leonie lehnte hinter ihrem kleinen Tresen und hatte sich zusammengekrümmt, als hätte sie Schmerzen. Erst als Moritz zu ihr schlich und ihre Hand leckte, blickte sie auf.

»Um welchen Betrag handelt es sich denn?«, fragte Christoph.

Der Grauhaarige blickte auf. Er starrte Christoph an, als sei ihm ein Geist erschienen, dann wanderte sein fragender Blick zu Leonie. »Wer ist dieser Mann?«

»Ein … ein Kunde«, erwiderte Leonie.

Der Grauhaarige zog die Augenbrauen zusammen, dann schaute er auf sein Klemmbrett. »Der ausstehende Betrag beläuft sich inklusive aller Säumniszuschläge und Mahngebühren auf zweihundertdreiundvierzig Euro und dreiundzwanzig Cent.«

»Ich lege die Kosten aus, sofort. Kann ich bei Ihnen mit Kreditkarte zahlen?«

»Aber ...«, versuchte Leonie einzuwenden. »Das geht doch nicht.«

Der grauhaarige Geldeintreiber schürzte die Lippen. »Gewiss«, sagte er nun eindeutig beflissen. »Ich habe ein entsprechendes Kartenlesegerät dabei. Ich hoffe nur, Ihr Konto ist gedeckt.«

Das hoffe ich auch, dachte Christoph, als er schon sein Portemonnaie zückte, um die Kreditkarte herauszuziehen.

»He«, sagte Mark zu Leonie, »wenn wir Sonja finden und die bösen Männer fangen, kriegen wir bestimmt einen Finderlohn oder so etwas.«

Der Geldeintreiber nahm die Kreditkarte entgegen, musterte sie argwöhnisch und schob sie dann in sein Lesegerät, das er einer braunen altmodischen Aktentasche entnommen hatte. Ein Surren deutete an, dass das Gerät funktionierte, was der Mann mit einem kurzen, beifälligen Nicken registrierte.

Christoph unterschrieb den Beleg, dann lächelte der Geldeintreiber ihn ein wenig herablassend an und verschwand mit einem aufgesetzt freudigen »Wünsche dann schon mal fröhliche Weihnachten«.

Als die Tür ins Schloss gefallen war, sagte für ein paar Sekunden niemand ein Wort.

Leonie wirkte alles andere als erleichtert, sondern eher völlig demoralisiert. Auch auf Mark hatte sich die düstere Stimmung übertragen.

»Die Schafe«, sagte Christoph, um den Bann zu brechen. »Wollen wir uns jetzt die Schafe anschauen?«

»Au ja!«, rief Mark, »und dann suchen wir Sonja.«

»Also schön«, sagte Leonie. Sie war in noch schlechterer Stimmung als zuvor.

Es war inzwischen fast elf Uhr. Ein Kunde hatte sich noch nicht blicken lassen. Mit düsterer Miene ging Leonie an Christoph vorbei zur Ladentür. Er hatte das Gefühl, einen furchtbaren Fehler begangen zu haben – als hätte er sie erniedrigt, indem er ihre Stromrechnung bezahlte.

Leonie bog nach links ab, ging durch ein halb geöffnetes Gatter in einen verwilderten Garten. Alte, verdorrte Sonnenblumen standen da und schienen sie hohl anzustarren. Ein kahler Kirschbaum erhob sich zwischen verblühten Rosen und irgendwelchen fahlen Gräsern. Moritz lief kläffend an ihnen vorbei. Ein Vogel über ihnen schrie.

»Gehört das alles dir?«, fragte Mark, doch Leonie gab ihm keine Antwort. Stattdessen funkelte sie Christoph an. »Ich zeige Ihnen die Tiere, und dann gehen Sie wieder, ja?«

Er nickte. Von einer gemeinsamen Suche nach Sonja war nun plötzlich keine Rede mehr.

»Das Geld ...«, begann er und wusste dann nicht mehr weiter.

»Ich zahle es zurück, irgendwann«, zischte Leonie. Kurz darauf hatten sie diesen verwunschenen Garten durchquert und gelangten zu der Wiese, die man von dem Fenster ihres Büros aus hatte sehen können. Kaum hatte Leonie die Wiese betreten, kamen drei Schafe mit einem lauten, unaufhörlichen Mähen heran. Sie waren schmutzig, wirkten aber nicht krank. Auch eine Kuh näherte sich ihnen gemächlich.

»Das ist Luisa, meine Kuh«, sagte Leonie. Sie klang jetzt wieder versöhnlicher. Sie streichelte das größte Schaf und lächelte sogar. Die Sonne war herausgekommen. Nur noch wenig Schnee lag auf den Gräsern.

»Und hier wohnt auch Sonja?«, erkundigte sich Mark und blickte sich um.

Leonie nickte.

»Gibt es noch einen anderen Weg von dieser Wiese?«, fragte Christoph. »Oder muss man bei dir am Laden vorbei?« Das »Dir« betonte er so stark, dass Leonie es bemerkte und ihre Augenbrauen hob. Doch wenn sein Sohn sie duzte, konnte er das wohl auch tun.

Sie deutete auf das andere Ende der Wiese. »Dahinten gibt es auch noch ein Tor. Ist allerdings ziemlich verrostet.«

An einem kleinen Stall vorbei liefen sie über die Wiese. Während Luisa, die Kuh, sich abgewandt hatte, trotteten die drei Schafe ihnen nach. Vor Moritz schienen sie keine Angst zu haben. Christoph bemerkte, dass an dem Stall die Fensterscheiben kaputt waren und die Tür zur Wiese halb aus den Angeln hing. Alles machte einen verwahrlosten und heruntergekommenen Eindruck. Leonie war mit ihrem Hof eindeutig überfordert. Ein Telefon klingelte, und sie zog ihr Handy hervor und nahm das Gespräch an, doch anscheinend meldete sich niemand. Ohne dass sie ein Wort gesagt hatte, steckte sie es wieder ein.

»Für Sonja ist es bestimmt toll, hier mit den Schafen zu spielen«, sagte Mark. Ihm machte die gedrückte Stimmung nun auch zu schaffen.

»Nein«, erklärte Leonie. »Sonja beachtet die Schafe gar nicht, am liebsten spielt sie mit Moritz.«

Der Hund bellte, als er seinen Namen hörte.

Dann waren sie am Tor auf der anderen Seite angelangt. Es wurde lediglich durch eine rostige Sperre gehalten. Christoph konnte es ohne jede Schwierigkeit öffnen. Er betrachtete den schmalen Weg, der unmittelbar dahinter begann und der an einem Acker entlangführte. Reifenspuren waren nicht auszumachen.

»Also könnten die Männer Sonja hierhergelockt haben?«, fragte er.

Leonie kniff den Mund zusammen. »Sonja hat ihren eigenen Kopf, sie lässt sich vielleicht durch Futter locken, aber sonst …«

»Und da – was ist das?« Aufgeregt deutete Mark zu einer Furche, die den Weg von dem Acker trennte, zehn Schritte von ihnen entfernt. Dort lag ein weißer Plastikeimer. Er lief hin und nahm ihn hoch. Selbst auf die Entfernung konnte Christoph den Inhalt erkennen. Irgendwelche braunen Körner klebten in dem Eimer, weil sie feucht geworden waren.

»Futter«, sagte er. »Damit haben die beiden Männer Sonja angelockt, aber dann ist sie ihnen abgehauen.«

»Ja!«, rief Mark. »Und jetzt müssen wir sie finden.«

Wieder klingelte Leonies Handy. Sie nahm das Gespräch an und lauschte für einen Moment. »Nein, falsch verbunden«, sprach sie dann hastig in den Apparat hinein. Mürrisch blickte sie Christoph an. »Ich muss leider zurück. Nachher kommt Kundschaft, hoffentlich.«

Sie halfen Leonie noch, ein paar Laibe Brot, einen kleinen Korb voll Brötchen und ein paar Dosen in den Laden zu tragen. Kunden zeigten sich nicht. Wahrscheinlich würden eher Leute kommen, denen Leonie Geld schuldete, glaubte Christoph zu wissen. Sie tat ihm leid, aber so abweisend, wie sie sich inzwischen verhielt, wusste er nicht, wie er ihr helfen sollte.

Als sie alles ausgeladen hatten, blickte sie ihn an. In ihren Augen stand die Aufforderung zu gehen.

»Ich werde jetzt zu der Zeitung fahren und eine Anzeige aufgeben«, erklärte Christoph. »Vielleicht hat ja jemand etwas gesehen.«

»Und hinterher suchen wir Sonja?«, fragte Mark.

»Vielleicht«, erwiderte Christoph, und dann passierte doch noch ein kleines Wunder. Eine alte Frau, deren graues Haar unter einer durchsichtigen Plastikmütze lag, kam mit einem Fahrrad den Weg herauf. Sie lächelte.

»Kundschaft«, sagte Leonie leise und ging, ohne einen weiteren Blick für Christoph, in den Laden.

11

Das Bild, dachte Christoph. Leonies Stimmungsumschwung hatte mit diesem Foto des Kindes angefangen, und dann war der Geldeintreiber aufgetaucht – und sie hatte sich bloßgestellt und erniedrigt gefühlt. Am liebsten hätte er ihr noch ein wenig Geld dagelassen, aber wie sollte er das anstellen? Er konnte ihr schlecht einen Hundert-Euro-Schein hinter den Scheibenwischer klemmen. Und ihr ein Brot abzukaufen, hätte wahrscheinlich auch ausgesehen, als würde er ihr ein Almosen zustecken. Außerdem musste er an sein eigenes Konto denken – da standen auch nur ein paar unfreundliche rote Zahlen.

»Wo fangen wir an, Sonja zu suchen?«, fragte Mark.

Christoph blickte seinen Sohn an. Er immerhin glaubte noch daran, dass sie Sonja finden könnten.

»Wir geben eine Anzeige auf«, erwiderte Christoph. »Danach fahren wir ein wenig durch die Gegend. Vielleicht finden wir eine Spur.«

Es sollte sich anhören wie ein gescheiter Plan, aber selbst der achtjährige Mark begriff, dass sein Vater keine Ahnung hatte, was er tun sollte. Mit mürrischem Gesicht lief Mark zum Passat. Morgen würde er dem Jungen beibringen müssen, dass sie zu seinen Großeltern fahren würden, um mit ihnen Weihnachten zu feiern. Für Annas Eltern war ihr Enkelkind der einzige Trost.

»Vielleicht«, begann Mark plötzlich, und seine Miene hellte sich auf, »könnte man aus der Luft nach Rosa suchen. Mit einem Ballon… könnte man nicht einen Ballon bekommen, mit einem Korb…«

»Du meinst einen Fesselballon? Um diese Jahreszeit? Nein, dafür ist es viel zu kalt.«

Christoph öffnete die Fahrertür. Er blickte noch einmal zu Leonies Laden hinüber. Die alte Frau hatte reichlich eingekauft – mit einer vollen Stofftüte, aus der ein längliches Brot herausragte, trat sie in den Hof. Hinter dem kleinen Schaufenster glaubte Christoph Leonie auszumachen, aber sie regte sich nicht, blickte ihnen nur nach, wie sie davonfuhren.

Die Anzeige gaben sie in der Kreisstadt in einem Zeitungsladen auf. »Sonja gesucht – unser liebes Schwein ist von der Wiese gestohlen worden. Hat jemand es gesehen? Hinweise unter…« Dann folgte Christophs Handy-Nummer.

»Wollen Sie auch, dass die Anzeige im Internet erscheint?«, fragte die Frau, eine mittelalte Blondine, die den Text aufgenommen hatte.

Mark nickte bereits, bevor Christoph antworten konnte. Der Preis für die Anzeige erhöhte sich damit um zwanzig Euro, aber dafür wurde sie auch gleich online geschaltet.

»Fahren wir jetzt wieder zu Leonie?«, fragte Mark, als sie zurück am Auto waren. Wie selbstverständlich setzte er sich auf den Beifahrersitz, als sei er nun plötzlich alt genug dafür.

»Nein, ich glaube, wir sollten Sonja allein suchen«, erwiderte Christoph vage. Aus den Augenwinkeln bemerkte er, wie Mark das Gesicht verzog.

»Ich glaube, dass Leonie sehr traurig ist«, sagte Mark dann, »und nicht nur wegen Sonja. Sie ist ganz allein und hat kein Geld mehr, nicht wahr?« Er blickte seinen Vater an. »Weil sie nicht besonders viele Sachen in ihrem Laden verkauft.«

»Ja, wahrscheinlich hast du recht.« Christoph startete den Wagen. Er hatte keine Ahnung, wohin er sich wenden sollte. Zu Leonie ganz bestimmt nicht. Er entschied sich, ein wenig durch die Gegend zu fahren. So würden sie das Schwein bestimmt nicht finden, aber zumindest würde es Mark beruhigen.

Mark starrte aus dem Fenster und kniff die Augen zusammen, als müsse er alles, was er sah, besonders aufmerksam aufnehmen. Wahrscheinlich, dachte Christoph, wird es ihm wieder genauso schlecht gehen wie vor ein paar Tagen, bevor das Schwein aufgetaucht war. Es würden schwierige Weihnachtstage werden. Er seufzte.

»Meinst du, dass Sonja Angst hat?«, fragte Mark. Er blickte seinen Vater mit zweifelnder Miene an. »Ich meine, sie kennt Leonie und ihre Wiese, und nun hat sie es mit bösen Männern zu tun bekommen. Wie ist das wohl für sie? Vielleicht wird sie krank. Bei uns war sie ganz fröhlich, aber wir waren ja auch gut zu ihr. Die Männer sind es aber bestimmt nicht. Ich habe mal gehört, dass Schweine vor Angst sterben können.« Mark nagte an seiner Unterlippe und blickte aus dem Fenster. Die Straßen waren mittlerweile fast frei von Schnee. Karge, schneebedeckte Wiesen breiteten sich rechts und links der Straßen aus. Gleich würden sie ein, zwei Dörfer passieren, bevor sie wieder in ihre Gegend kamen.

»Ich glaube nicht, dass Sonja wirklich Angst hat«, versuchte Christoph seinen Sohn zu beruhigen. »Sie ist ein kluges Schwein, und bei der Polizei hat sie bestimmt eine Menge gesehen.«

Mark nickte, sagte aber nichts mehr.

Hast du keinen Hunger?, wollte Christoph ihn fragen. Wollen wir irgendwo etwas essen? Aber er kannte die Antwort seines Sohnes bereits. Er würde sich daran gewöhnen müssen, dass Mark seiner Mutter immer ähnlicher wurde. Wenn Anna sich etwas in den Kopf gesetzt hatte, hatte sie es auch durchgezogen. Sie hatte Architektur studieren und gleichzeitig Mutter sein wollen – und sie hatte dieses Haus kaufen wollen, so verfallen es auch gewesen war. Das war ihr Spleen gewesen, ein Sommerhaus, das sie vor dem Verfall rettete und nach ihren Wünschen gestaltete.

Sehnsucht und Wehmut befielen ihn. Anna, dachte er, was hätte sie jetzt an seiner Stelle getan? Hätte sie Mark die Suche nach dem Schwein ausgeredet, das sie in dieser weitläufigen, öden Gegend niemals finden würden? Oder hätte sie irgendwie weitergesucht? Nein, er brauchte sich diese Frage nicht zu stellen. Anna hätte alles getan, um Sonja zu finden und Mark wieder glücklich zu machen. Vielleicht war die Idee mit dem Ballon gar nicht so schlecht.

»Ich habe Hunger«, murmelte Mark unvermittelt. Seine Laune war merklich düsterer geworden.

Christoph schaute ihn dankbar an. Im nächsten Moment klingelte sein Telefon. Sein erster Gedanke galt Leonie. Wollte sie sich für das Geld bedanken und sich eventuell für ihre unhöfliche Verabschiedung entschuldigen? Aber nein, sie hatte ja seine Nummer gar nicht. Auf dem Display leuchtete »Unbekannter Teilnehmer« auf.

Eine helle Stimme meldete sich – eine junge Frau oder ein Kind. »Sie suchen ein Schwein?«, fragte die Stimme ernsthaft.

»Ja«, erwiderte Christoph, plötzlich voller Hoffnung. Die Anzeige war also schon ins Internet gestellt worden. »Haben Sie vielleicht eine Ahnung, wo unser Schwein sein könnte?«

»Vielleicht«, erklärte die Stimme. Im Hintergrund war ein Rufen zu vernehmen, das aber sofort wieder abbrach. »Könnte sein, dass ich Ihr Schwein gesehen habe. Ist es ganz rosig, mit riesigen Ohren?«

»Genau«, entgegnete Christoph, obschon ihm diese Beschreibung recht dürftig vorkam. »Wo haben Sie das Schwein denn gesehen?« Mark begann vor Aufregung auf und ab zu wippen und murmelte: »Hat jemand Sonja gesehen?«

Christoph bedeutete ihm, still zu sein. »Die Adresse«, sagte er dann in den Apparat. »Haben Sie eine Adresse?«

»Ja«, sagte die Stimme. »Michaelsweg 3, genau an der Kirche.« Dann wurde die Verbindung unterbrochen.

Christoph starrte sein Handy an. Waren sie in ein Funkloch gefahren, oder hatte der Anrufer aufgelegt? Drei Balken zeigte das Display. Also war aufgelegt worden.

»Wo ist Sonja?«, rief Mark aufgeregt. »Sag schon!«

»Michaelsweg 3, neben einer Kirche«, wiederholte Christoph. Wieso hatte der Anrufer nicht mehr gesagt? War es zu gefährlich geworden? Hatte ihn jemand gestört?

»Neben welcher Kirche? Können wir sofort hinfahren?« Mark geriet völlig aus dem Häuschen.

Christoph legte ihm beruhigend die Hand auf den Arm. »Zuerst müssen wir herausfinden, wo diese Kirche ist. Dann sehen wir uns das Ganze mal genauer an.«

Es kostete einen Anruf beim alten Windhorst, um herauszufinden, dass es in der Kreisstadt eine Michaelskirche gab. Sie mussten also umdrehen und zurückfahren. Wohnten die schwarz gekleideten Männer in der Kreisstadt, und hatten sie Sonja da in Sicherheit gebracht?, fragte Christoph sich.

Mark war so aufgeregt, dass er kaum noch still sitzen konnte. Immer wieder forderte er seinen Vater auf, schneller zu fahren.

»Kannst du auch Leonie holen?«, fragte er. »Sie will Sonja bestimmt auch befreien.«

Befreien? Ja, sein Sohn hatte recht. Wenn dieser Zeuge

tatsächlich Sonja gesehen hatte, wäre das Ganze eine Befreiungsaktion, die nicht ungefährlich sein würde.

»Wir rufen Leonie später an«, erklärte Christoph ausweichend. »Zuerst einmal prüfen wir, ob wir einen Blick auf Sonja werfen können. Und vielleicht …« Er sprach den Gedanken nicht aus. Und vielleicht ist es ja gar nicht Sonja, zu der uns diese Telefonstimme führt.

Es wurde bereits dunkel, obschon es kaum zwei Uhr am Nachmittag war. Dicke graue Wolken zogen am Himmel entlang. Schnee lag wieder in der Luft, und kälter war es auch geworden.

Als sie in die Kreisstadt einfuhren, trudelten die ersten dicken Schneeflocken vom Himmel.

»Wenn es wirklich Sonja ist, bin ich ganz froh, froh, froh …«, murmelte Mark vor sich hin. Die halbe Fahrt über hatte er an seiner Unterlippe genagt. Christoph hatte ihn durch nichts ablenken können.

Eine Kirche mit einem großen grauen Turm war weithin zu sehen. War dies die Michaelskirche? Christoph beschloss, ohne weiter zu fragen, auf den Kirchplatz zuzuhalten. Schmucke, etwas biedere Einfamilienhäuser umgaben die Kirche, Garagen, Vorgärten, aber nirgends ein Bauernhof oder eine Scheune.

Hier sollte Sonja versteckt sein? Ein mulmiges Gefühl beschlich ihn. Dann entdeckte er den Michaelsweg, der sich hinter der Kirche einen Hügel hinaufwand.

Nein, das alles konnte nicht sein.

Mark starrte hinaus. Er hatte sich den rechten Daumen in den Mund gesteckt und kaute darauf herum.

Dann erspähten sie beide gleichzeitig ein hell erleuchtetes Schaufenster, das mit ein paar Tannenzweigen geschmückt war. »Sonderangebote zum Fest« stand in großen Buchstaben auf der Glasscheibe, darunter das Bild eines lächelnden rosigen Schweins.

»Nein!«, schrie Mark voller Wut.

Christoph bremste ab und schlug die Augen nieder. Was für eine miese Aktion!

Der Anrufer hatte sich einen makabren Scherz erlaubt und sie zu einem Metzgerladen geschickt.

12

Mark weinte die ganze Zeit leise vor sich hin, während sie zum Haus zurückfuhren.

Wie konnte ein Mensch nur so gemein sein?

Es begann so heftig zu schneien, dass Christoph sich ganz auf die Straße konzentrieren musste. Das Thema Hunger hatte sich auch erledigt. Keiner von ihnen hätte nun einen Bissen heruntergebracht. Zum Glück hatten sie Leonie nicht alarmiert.

Dreimal klingelte das Handy noch. Ein Anrufer stellte sich als »Miss Piggy« vor und grunzte dann in den Apparat; der zweite wollte ihn gleichfalls in den Michaelsweg schicken, worauf Christoph sofort auflegte.

Der dritte Anrufer war Annas Mutter. »Wann kommt ihr denn nun?«, fragte Hedwig ohne lange Vorrede.

»Morgen, spätestens übermorgen«, erwiderte Christoph mit Blick auf Mark, der jedoch nicht reagierte.

»Heiligabend gibt es Ente«, erklärte Annas Mutter streng, »und am ersten Weihnachtstag Sauerbraten.«

Sauerbraten – nein, bitte, kein Fleisch, hätte Christoph am liebsten erwidert, aber irgendwie fehlte ihm die Kraft dazu. Später am Abend, sobald Mark eingeschlafen war, würde er Annas Eltern anrufen und ihnen einiges erklären.

»Bestimmt hat Sonja Angst, und ihr ist kalt«, sprach Mark plötzlich vor sich hin. »Und was ist mit Mama? Wieso hat sie mir erst ein liebes Schwein geschickt und nimmt es uns dann wieder weg? Das hat doch keinen Sinn.«

Keine Ahnung, wollte Christoph antworten, doch dann sagte er: »Morgen suchen wir weiter, und wer weiß ...«

Es war dunkel geworden, als sie beim Haus ankamen, doch der Schnee reflektierte das wenige Licht. Einsam und wie schlafend lag das Haus vor ihnen. Niemand war in ihrer Abwesenheit da gewesen, keine Fußspur führte zum Eingang.

Ich werde es verkaufen, dachte Christoph, während er den Motor abstellte und das Scheinwerferlicht erlosch. Nun, da diese kleine Tragödie mit dem Schwein passiert ist, wird auch Mark nicht mehr hierherfahren wollen. Anna wird es mir verzeihen.

Im letzten Jahr hatten sie zu dritt den Heiligabend im noch unfertigen Haus verbracht. Anna hatte einen Tannenbaum gekauft, den sie nur mit ein paar Kerzen, Glaskugeln und Orangen schmückte. Trotzdem war er ein echtes Kunstwerk geworden. Sie konnte so etwas – mit ein paar Dingen verstand sie es, eine wunderbare Weihnachtsstimmung zu schaffen. Schnee war am Nachmittag gefallen, nicht viel, aber die Wiese hinter dem Haus war weiß gewesen, und dann, später am Abend, waren tatsächlich ein paar Rehe erschienen. Aus dem Wald waren sie auf die Wiese getreten, hatten die Kastanien und das Heu gefressen, das Anna ihnen am Nachmittag hingeworfen hatte. Es war ein zauberhafter, beinahe erhabener Moment gewesen, die Tiere da fressen zu sehen. Mark hatte ein Foto machen wollen, doch Anna hatte es ihm verboten. »Sieh genau hin«, hatte sie zu ihm gesagt, »und behalte diesen Augenblick in deinem Herzen. Manche Momente kommen nie zurück.«

Hatte sie da schon gewusst, dass sie sterben würde?

Im Nachhinein kam es Christoph so vor.

Sie stiegen aus dem Auto. Es hatte wieder aufgehört zu schneien. Christoph bückte sich, nahm ein wenig Schnee, formte einen Ball daraus und warf ihn Mark vor die Füße. Doch sein Sohn achtete nicht darauf. Ohne einen Blick lief er auf das dunkle Haus zu. Selbst das Knirschen, das seine Füße im Schnee verursachten, klang traurig.

»Wann müssen wir zu Oma fahren?«, fragte er, als Christoph das Haus aufschloss.

»Morgen… Ich glaube, wir sollten morgen am Nachmittag fahren. Sie freuen sich auf uns.«

Im Haus war es kalt. Christoph schürte das Feuer im Kamin. Dann aßen sie schweigend ein Müsli. Christoph wusste, dass sie einen trostlosen Anblick abgaben, aber er hatte keine Kraft, um Mark aufzuheitern. Und er hätte auch gar nicht gewusst, wie er es hätte anstellen sollen. Ach, hätte dieses Schwein doch niemals vor ihrer Tür gestanden! Nun war alles noch viel schlimmer geworden.

Nach dem Essen schalteten sie den Fernseher an, doch keiner von ihnen sah wirklich hin. Als es endlich acht Uhr schlug, war Christoph froh, Mark ins Bett bringen zu können. Sein Sohn widersprach nicht. Mit düsterer Miene ließ er sich nach oben ins Bad führen.

Später machte Christoph die Stille im Haus zu schaffen. Schnee fiel nicht mehr, aber die Welt draußen war noch leiser, als sie es in dieser Einöde ohnehin war. Er öffnete eine Flasche Rotwein und setzte sich wieder an seine Unterlagen. Der Umsatz war seit Januar um über dreißig Prozent eingebrochen, während sich die Kosten um fast vierzig Prozent erhöht hatten. Neue Rechner, eine aufwendige Reparatur am Server, eine saftige Mieterhöhung, dazu Kosten für eine umfangreiche Präsentation – den Auftrag hatte er dann jedoch nicht bekommen.

Irgendwann schob Christoph die Unterlagen beiseite und starrte zum Fenster hinaus. Dann öffnete er die zweite Flasche Wein. Er war einsam. Anna war nun seit fast zwei Monaten tot, aber in seinen Gedanken sprach er unentwegt mit ihr. Manchmal machte er ihr Vorwürfe. Warum war sie nicht früher zum Arzt gegangen? Warum hatte sie sich nie geschont? Warum hatte sie immer alles sofort erledigen müssen? War vielleicht der Umbau dieses Hauses über ihre Kräfte gegangen?

Nein, er war ungerecht, dachte er dann. Er hatte eine Frau gesucht, die ihm beibrachte, wie man lauthals lachen konnte. Und das hatte Anna bis zuletzt getan: lauthals gelacht.

Ihm fiel ein, was Anna vor drei oder vier Jahren zu ihm gesagt hatte: Sie wolle eine Weltreise machen, mit einem Boot um die Welt segeln. Er hatte ihr diesen Plan ausgeredet. Mit einem kleinen Kind um die Welt reisen? Das war doch Irrsinn! Danach war Anna eine Zeit lang nicht gut auf ihn zu sprechen gewesen. Bis sie dieses Haus gefunden hatte. Jede freie Stunde hatte sie hier verbracht, oft auch ohne ihn und Mark, hatte mit Handwerkern gesprochen oder hatte vermutlich einfach nur dagesessen, in den kargen Räumen und vor sich hingestarrt.

Christoph spürte, dass er allmählich betrunken wurde. Dann glaubte er, draußen auf der Wiese im Schneelicht ein Schwein zu sehen. Sonja war zurückgekehrt, aber nein, es war ein Wildschwein, das sofort wieder im Wald verschwand, als habe es Christophs Blick bemerkt. Langsam erhob er sich und wankte müde die Treppe zum Schlafzimmer hinauf.

Im Traum sah er wieder die gesunde, strahlende Anna. Sie legte sich mit einem Lächeln neben ihn, doch sie brachte keine Wärme, sondern Kälte mit, und irgendwie tauchte auch Leonie auf; sie irrte durch einen kargen Wald, auf der Suche nach ihrem Schwein, aber sie trug keinen Fellmantel, sondern ein weißes, durchscheinendes Kleid und war barfuß. Konnte sie sich nicht einmal mehr Schuhe leisten?

Als Christoph erwachte, spürte er, dass er fror, obschon er unter der Decke lag. Seine Füße waren eiskalt. Draußen war es bereits hell. Offenbar hatte es in der Nacht einen Temperatursturz gegeben. Ein Grund mehr, das Haus zu verlassen. Mühsam richtete er sich auf. Sein Kopf schmerzte. Er hatte am Abend schon wieder viel zu viel getrunken, fast zwei Flaschen Rotwein. Wenn er nun zum heimlichen Trinker wurde, wäre das auch keine Lösung.

Plötzlich fiel ihm auf, wie still es war. Kein einziges Geräusch drang an sein Ohr, und ein Laut, den er gestern Nacht als tröstlich empfunden hatte, fehlte: Marks ruhiges, rhythmisches Atmen.

Das Bett neben ihm war leer.

»Mark!«, rief Christoph in Richtung Bad. »Bist du schon aufgestanden?«

Viel zu schnell, so dass heftige Stiche durch seinen Kopf schossen, sprang er auf. Eine dunkle Ahnung überkam ihn. Im Bad war niemand, nichts sah verändert aus.

Die Hand am Geländer, ging er die Treppe hinunter und wäre trotzdem beinahe gestürzt. Auch hier war es bitterkalt. War das Feuer in der Nacht ausgegangen? Hatte er nicht, bevor er hinaufging, noch ein paar dicke Holzscheite nachgelegt?

Er konnte sich nicht erinnern.

Dann erblickte er den Stuhl, über dem die Kleidung von Mark gelegen hatte – er war leer. Einen Moment später entdeckte er die offene Haustür.

Zitternd vor Kälte lief Christoph hin und hielt sich am Türrahmen fest. »Mark!«, rief er auf den Hof hinaus. »Mark, wo bist du?«

Er glaubte, Fußspuren auszumachen – kleine Abdrücke, die in Richtung Wiese führten. Niemand antwortete, und niemand war zu sehen. All das konnte nur eines bedeuten: Mark war allein losgezogen, um Sonja zu suchen.

13

Die Polizei … er sollte die Polizei anrufen oder Leonie, den alten Windhorst. Sie müssten sich alle zusammentun, um Mark zu suchen. Fahrig zog er sich an, kochte sich dann in dem eiskalten Haus einen Kaffee, um auf einen klaren Gedanken zu kommen und die Kopfschmerzen zu vertreiben. Konnte er der Polizei erklären, was passiert war? Wohl nicht. Also würde er zuerst allein suchen müssen. Mark war in den Wald gelaufen. Später in der Nacht hatte es nicht mehr geschneit, sodass seine Spuren vielleicht noch zu sehen waren.

Als er sich auf den Weg machte und über die Wiese lief, schöpfte Christoph Hoffnung. Weit konnte Mark nicht sein – im Dunkeln war er gewiss nicht losgezogen.

Dann überkam ihn Wut auf seinen Sohn. Warum hatte er ihm nicht geglaubt, dass sie sich gemeinsam noch einmal auf die Suche machen würden? Aber er kannte die Antwort. Mark hatte gespürt, dass sein Vater allenfalls mit dem Auto ein paar Wege abgefahren wäre, aber nicht wirklich gesucht hätte.

Auf der Wiese hatte er die Abdrücke seines Sohnes im Blick, doch kaum hatte er den Wald betreten, an der Stelle, wo er gestern Nacht das Wildschwein gesehen zu haben glaubte, verlor sich jede Spur. Ohne einen Hinweis auf Mark stapfte Christoph einen schmalen Waldweg entlang. Zum Glück war es einigermaßen hell, und der Schnee warf das fahle Morgenlicht zurück.

»Mark!«, rief er mutlos in den Wald. »Mark, bist du hier?« Seine Stimme schien zwischen den kahlen Bäumen zu verwehen. Niemand antwortete.

Er lief den Weg weiter. An manchen Stellen war es so rutschig, dass er aufpassen musste, um nicht hinzufallen. Anna hatte einmal zu Mark gesagt, dass der Wald so riesig sei, dass man sich leicht verlaufen könne. Ihre Worte hatten eine Warnung sein sollen, dass er sich nicht zu weit vom Haus entfernte.

Irgendwo rechts von sich glaubte er, ein Reh auszumachen, das ihn argwöhnisch beäugte, dann gelangte er an eine schmale Brücke über einen Bach. Ein Handschuh lag da, ein kleiner brauner Handschuh, der eindeutig Mark gehörte. Mit einer schnellen Bewegung hob Christoph ihn auf und hielt ihn sich ins Gesicht. Der Handschuh war kalt, als habe er schon lange im Schnee gelegen, aber bei dieser Witterung kühlten alle Dinge, die im Freien lagen, schnell ab. Zumindest wusste er nun, dass er nicht in die falsche Richtung gegangen war.

»Mark!«, rief er noch einmal.

Dann erklang aus der Ferne ein Schuss – so kam es ihm jedenfalls vor. Er erschrak so sehr, dass er sich an einem Baumstamm festhalten musste. Nein, dachte er dann, das Geräusch hätte auch das Zuschlagen einer Autotür sein können.

Sein Herzschlag beschleunigte sich. Wo, verdammt,

war Mark? War er in Gefahr? Christoph lauschte mit höchster Konzentration. Das Geräusch eines Motors drang zu ihm herüber, dann erklangen irgendwo eine Säge und Hundegebell. Wurden um diese Zeit noch Tannenbäume für Weihnachten geschlagen?

Wenig später meinte er auch, das Grunzen eines Schweins zu vernehmen. Konnte das sein? Hatte Mark Sonja vielleicht wirklich gefunden?

Christoph lief weiter. Sein Kopf schmerzte noch immer. Leider musste er all seinen Sinneseindrücken misstrauen. Er hatte in der Nacht zu viel getrunken, und er hatte nicht auf Mark aufgepasst.

Wenn seinem Sohn irgendetwas zustoßen würde, wäre sein Leben zu Ende. Noch einen Verlust ertrug er nicht.

Eine fahle Sonne schaffte es gelegentlich, durch die Wolkendecke zu dringen, die Schneeflecken zwischen den Bäumen reflektierten das Licht. Er hatte keine Ahnung, wo er sich befand. Ein paar Vögel kreischten am Himmel. Als er sein Handy herauszog, bemerkte er, dass er hier wieder einmal keinen Empfang hatte. Nun war er tatsächlich in der Mitte von Nichts gelandet.

Er passierte einen zweiten Bachlauf, dann gelangte er an eine Lichtung und an einen Hochsitz. Er beschloss hinaufzuklettern, um zu sehen, ob sein Handy vielleicht oben auf der Plattform Empfang hatte. Es war Unsinn gewesen, allein loszulaufen. Zumindest dem alten Windhorst hätte er Bescheid geben müssen.

Die Leiter, die auf den Hochsitz führte, war rutschig

und schwankte. Zu seiner Überraschung stellte er oben fest, dass sich offenbar ein Jäger vor nicht allzu langer Zeit auf der Plattform häuslich eingerichtet hatte. Ein zerschlissenes Sitzkissen lag auf einem Holzbrett, daneben entdeckte er zwei Äpfel und ein altes Radio mit einer langen Antenne. Sein Handy hatte keinen Empfang, aber als er das Radio anstellte, dröhnte laut Weihnachtsmusik über die Lichtung – Jingle Bells.

Dann, als hätte die Musik ihn angelockt, sah Christoph, wie auf der anderen Seite der Lichtung ein schwarzer SUV mit einem Anhänger durch den Wald fuhr. Drei Gestalten meinte er wahrzunehmen, zwei vorn und eine kleinere hinten. Sein Herz begann laut und hart zu schlagen. Mark – konnte die kleinere Gestalt Mark gewesen sein? Er stellte das Radio wieder ab, ein letzter Ton verklang über der Lichtung, und dann hörte er noch etwas, ein fernes Wimmern – wie von einem Kind.

Später erinnerte er sich nicht mehr daran, wie er den Hochsitz verlassen hatte. Er musste förmlich hinuntergeflogen und durch den Wald gerannt sein, hinter diesem wimmernden Kinderlaut her.

»Mark!«, rief er voller Verzweiflung und Hoffnung zugleich durch den Wald.

Das Wimmern wurde lauter, dann meinte er Worte auszumachen: »Ich bin hier … hier.«

Woher kamen die Rufe? Adrenalin rauschte durch seine Venen – endlich hatte der Alkoholnebel sich gelegt, und er konnte wieder klare Gedanken fassen.

Er entdeckte einen blauen Flecken im Schnee, ein paar Meter neben mächtigen Baumstämmen, die Holzarbeiter aufgeschichtet hatten. Es war Mark! Er lag da, musste verletzt sein, daher konnte er sich nicht bewegen.

Christoph rannte auf ihn zu und wäre beinahe gestürzt, dann hatte er seinen Sohn erreicht.

Dankbar lächelte Mark ihn an. Seine Lippen waren blau gefroren, er lag zusammengekauert auf der Seite. Christoph nahm ihn in den Arm, wiegte ihn.

»Wie schön!«, hauchte Mark. »Mir ist so kalt… so kalt.« Seine Zähne schlugen aufeinander.

»Ich bin ja jetzt da«, sagte Christoph. Er strich seinem Sohn über die Stirn und versuchte ihn mit seiner Umarmung ganz einzuhüllen. »Ich trage dich zurück zum Haus. Dann mache ich dir einen Kakao, und du gehst unter die heiße Dusche, und dann…« Dann fahren wir zum Arzt, wollte er hinzufügen, unterließ es jedoch.

Mark schluchzte. Sein Zittern war heftiger geworden. »Ich hatte solche Angst«, flüsterte er, »aber ich wollte doch Sonja finden. Und dann dieser Traum. Ich habe Mama gesehen und einen Mann, ganz in Rot, er hatte einen langen Mantel an und einen weißen Bart. Im Traum hat er mir gesagt, dass ich Sonja suchen soll, und dann bin ich aufgewacht. Ich wollte mit dir reden, aber du hast nur laut geschnarcht… ich…«

»Ist schon gut«, flüsterte Christoph. Er spürte, wie er zu frieren begann auf dem kalten Waldboden. Wie lange hätte Mark diese Kälte noch ausgehalten? Allzu lange wohl nicht mehr.

»Was ist mit deinem Bein?«, fragte er. »Bist du hingefallen?«

Er spürte, wie Mark den Kopf schüttelte. Seine Zähne schlugen immer noch aufeinander. Sie mussten hier fort, so schnell wie möglich.

»Ich bin gefangen«, sagte Mark leise. »In einer Falle.«

Abrupt zuckte Christoph zurück. Das Bein – er hatte sich Marks Bein gar nicht richtig angeschaut. Um seinen rechten Knöchel lag eine schwere eiserne Klemme. Verdammt, wer legte solch eine Falle aus? Und für welche Tiere? Wildschweine oder Hirsche?

»Hast du Schmerzen?«, fragte er seinen Sohn.

Mark nickte. Er hatte die Augen geschlossen. Sein ganzer Körper zitterte. Die Klemme hatte sich eng um den Knöchel gelegt, aber der Knochen schien nicht verletzt zu sein. Mit hastigen Bewegungen legte Christoph die Falle frei. Sie hing an einer Kette, die mit einem Hering tief in der gefrorenen Erde versenkt war.

Christoph blickte auf sein Handy. Auch hier: kein Empfang. Hilfe konnte er also nicht rufen. Er zog seinen Mantel aus und hüllte Mark darin ein. »Ich schaffe das«, hauchte er ihm ins Ohr. »Keine Sorge.« Dabei hatte er keine Ahnung, wie er Mark befreien sollte. Panisch suchte er den Waldboden ab. Was war die beste Methode? Sollte er versuchen, die Kette mit einem Stein durchzuschlagen – oder sollte er den Hering aus der Erde ziehen? Nein, beides würde nicht gelingen. Er entschied sich zu graben. Er musste den Hering ausgraben. Mit einem Ast stieß er in die gefrorene Erde, immer und immer wieder, während Mark mit geschlossenen Augen dalag und vor sich hinwimmerte.

Die Sonne schien mittlerweile durch die Bäume, aber sie wärmte kaum. Wenigstens würde es nicht wieder zu schneien beginnen. Christoph arbeitete bis zur völligen Erschöpfung. Er schwitzte und fror gleichzeitig. Millimeter um Millimeter grub er den Hering aus der Erde. Seine Wut und seine Verzweiflung trieben ihn an. Wer eine solche Falle so nahe an einem Weg auslegte, war ein Verbrecher.

Zwischendurch beugte er sich über Mark und nahm ihn in den Arm, um ihn aufzuwärmen und selbst zu Atem zu kommen.

»Es tut mir leid«, flüsterte Mark und weinte. »Aber ich wollte doch Sonja finden ...«

Christoph spürte seine Hände kaum noch, er grub und grub, seine Fingerkuppen waren blutig, während sein Mund so ausgetrocknet war, dass er sich Schnee zwischen die Lippen schieben musste. Aber dann, nach vielleicht einer Stunde – er hatte kein Zeitgefühl mehr –, war er endlich am Ziel. Mit letzter Kraft vermochte er den Hering aus der gefrorenen Erde zu ziehen.

Die Falle baumelte noch um Marks Knöchel, doch er war frei – sie konnten den Wald endlich verlassen.

Keuchend hielt Christoph seinen Sohn im Arm. Sein Körper dampfte vor Anstrengung, und er hatte keine Ahnung mehr, wohin sie sich wenden sollten.

14

»Wir müssen singen«, befahl er seinem Sohn. »Singen, damit wir nicht frieren.«

Mark nickte, und dann sangen sie, so laut sie konnten, »O Tannenbaum« und »Leise rieselt der Schnee«.

Die ersten hundert Meter hatte Christoph seinen Sohn noch tragen können, doch dann musste er ihn absetzen. Mühsam, wie ein Sträfling in einem alten Film, schleppte Mark sich mit der Klemme um den rechten Fuß den Weg entlang. Christoph versuchte die Kette mit dem Hering so zu tragen, dass Mark nicht hinfiel.

Zurück zum Haus – wie weit war das? Zwei kleinere Brücken mussten sie passieren, daran konnte Christoph sich erinnern, an viel mehr nicht. Zu groß war seine Sorge um Mark gewesen, als dass er die Orientierung behalten hätte.

Nachdem sie zwei Lieder gesungen hatten, hockte Mark sich hin. »Ich kann nicht mehr«, flüsterte er.

»Es ist nicht mehr weit«, erwiderte Christoph. Dann stimmte er »Stille Nacht, heilige Nacht« an. Er wunderte sich, dass er den Text noch konnte. Mark trottete schweigend neben ihm her. Das Handy zeigte noch immer keinen Empfang. Ein schlechtes Zeichen – vielleicht gingen sie in die falsche Richtung.

Als Christoph auch verstummte, weil ihm kein viertes Lied mehr einfiel, sagte Mark so leise, dass er kaum zu verstehen war: »Ich glaube, der Mann in Rot war der Weihnachtsmann – er hatte wirklich einen langen weißen Bart und lustige braune Augen. Und er hat sich sehr gut mit Mama verstanden.«

»Wie schön«, erwiderte Christoph vage. Lange würde Mark nicht mehr durchhalten, und er hatte noch immer keine Ahnung, wo sie sich befanden. Warum hatte er nicht wenigstens einen warmen Tee oder eine zweite Jacke für den Jungen mitgenommen?

»Ich glaube, der rote Mann ist auch jetzt da«, sagte Mark. Mit glasigen Augen, als würden sich die ersten Anzeichen eines Fiebers zeigen, blickte er zu seinem Vater auf. Dann deutete er vor sich. »Da!«, krächzte er. »Da – steht er.«

Christoph konnte nichts erkennen – kahle Bäume und schneebedecktes Dickicht umgaben sie, nichts sonst, aber Mark bestand darauf, dass der rote Mann vor ihm stand und ihm den Weg wies. Nach links, sie sollten nach links einen schmalen Pfad entlanggehen. Wahrscheinlich halluzinierte sein Sohn vor Schwäche, doch auch Christoph brachte nicht mehr die Kraft auf zu widersprechen. Also gut, wenn ein roter Mann, den nur Mark sah, nach links wies, konnten sie ebenso gut diese Richtung einschlagen.

Zehn Minuten später standen sie am Waldrand und spähten zu ihrem Haus hinüber.

»Danke, roter Mann«, flüsterte Mark und schaute eine

winzige, verkrüppelte Kiefer an, die sich ein wenig im Wind bog.

Im nächsten Moment sank er Christoph förmlich in die Arme.

Christoph musste die letzten Kraftreserven aufbieten, um seinen Sohn zum Haus zu tragen. Erschöpft ließ er ihn auf das Sofa sinken, bereitete einen heißen Kakao zu und schürte das Feuer im Kamin. Mark lag wie leblos da, die Augen geschlossen, das Gesicht gerötet. Mühsam schaffte er es dann, sich aufzurichten und ein wenig Kakao zu sich zu nehmen. Der Junge war völlig ausgekühlt und entkräftet, eigentlich ein Fall für das Krankenhaus.

»Was macht Sonja wohl jetzt?«, fragte er, als er wieder in die Kissen zurückglitt.

Christoph legte ihm die Hand auf die Stirn. Hatte Mark Fieber? Es wäre nicht verwunderlich gewesen. Sie hatten tatsächlich großes Glück gehabt. Eine Nacht im Wald hätte Mark vermutlich nicht überlebt. Es war großer Leichtsinn gewesen, einfach loszulaufen.

»Ich weiß nicht, wo dieses Schwein jetzt ist«, antwortete Christoph gereizter, als er es beabsichtigte. »Und es ist auch nicht mehr wichtig.«

»Doch, ist es wohl«, flüsterte Mark. Dann sanken seine Lider hinab, und er schlief ein.

Christoph legte noch ein paar Holzscheite auf das Feuer. Allmählich wurde es wieder wohlig warm im Haus. Am besten wäre es, wenn sie aufbrechen würden, noch bevor es dunkel wurde. Er nahm sein Handy und rief den alten Windhorst an. Mit ein paar Sätzen hatte er ihre missliche Lage erklärt. Der Alte kannte diese Fallen, die irgendein Irrer aufgestellt hatte, der wohl glaubte, Wölfe seien in die Gegend zurückgekehrt. So hatte es auch die Lokalzeitung berichtet. Man müsse diesem Mistkerl das Handwerk legen, schimpfte er, und versprach mit geeignetem Werkzeug in ein paar Minuten vorbeizukommen.

Während er wartete, gönnte Christoph sich selbst einen Kakao. In den Gesichtszügen des schlafenden Mark erkannte er Anna – Anna, wie sie als kleines Mädchen ausgesehen haben mochte –, wild, mit vielen Sommersprossen, immer auf der Suche nach einem Abenteuer. Ein Gefühl der Dankbarkeit beschlich ihn – er hatte ein paar Jahre mit Anna verbringen dürfen, und nun war ihr gemeinsamer Sohn bei ihm. Er hatte nicht gut auf ihn aufgepasst, aber manche Fehler konnte man korrigieren. So konnte es auch mit der Firma sein, und das Haus … vielleicht sollte er es doch nicht verkaufen.

Er hörte, wie draußen ein Wagen vorfuhr. Christoph lief zur Tür und öffnete dem alten Windhorst. Er hatte sich in eine blaue Joppe gehüllt und trug eine Fellkappe.

»Scheißkälte!«, fluchte er. In der Hand hielt er einen Werkzeugkasten.

Mitten im Zimmer blieb der alte Mann stehen und betrachtete den schlafenden Jungen. »Wieso läuft Ihr Sohn einfach so in den Wald?«, fragte er.

Christoph zuckte mit den Achseln. Sollte er von Sonja erzählen – davon, dass sein Sohn durch ein Schwein wieder neuen Lebensmut bekommen hatte? Er entschied sich für eine lauwarme Lüge. »Mark hat sich gelangweilt – er ist nach dem Tod seiner Mutter noch ein wenig verwirrt.«

»Verstehe!« Der alte Windhorst nickte. Er legte seine Kappe und die Joppe ab. Vorsichtig zog er die Decke zurück, unter der Mark lag, und musterte das Bein mit der Falle. Mit sorgenvoller Miene wandte er sich dann Christoph zu.

»Ich habe es Ihnen nie gesagt«, murmelte er und wischte sich durch sein dichtes graues Haar. Seine grauen wässrigen Augen musterten Christoph. »Sie sind bestimmt ein guter Vater, auch wenn es sehr schwer ist. Ich habe einen Bruder verloren, als ich zwölf war – Lungenkrebs, kann man sich das vorstellen? Meine Mutter war eine einfache, gläubige Frau, aber den Verlust hat sie nie verwunden. Noch auf dem Sterbebett – sechzig Jahre später – hat sie nach ihm gerufen.« Er zögerte, setzte sich zu Mark auf das Sofa und fingerte an der Falle herum.

Mark rekelte sich, ohne dass er die Augen aufschlug.

»Was haben Sie mir nie gesagt?«, fragte Christoph.

Der alte Windhorst senkte den Kopf. Er wirkte plötzlich verlegen. »Wissen Sie, was es mit diesem Haus auf sich hat?«, fragte er. »Wer hier früher, vor vielen Jahren, gewohnt hat?«

Christoph schüttelte den Kopf. Anna hatte das Haus entdeckt. Er hatte gedacht, es sei eine Unterkunft für Gesinde gewesen, er wusste nur, dass es viele Jahre unbewohnt gewesen war.

»Eigentlich hieß es das Judenhaus«, erklärte der alte Windhorst. »Vor dem Krieg haben Juden drin gewohnt, die dann in einer Winternacht abgeholt worden sind. Niemand weiß es so genau. Oder nein, keiner wollte es wissen, müsste ich besser sagen.« Er räusperte sich und warf einen Blick auf Mark, der immer noch zu schlafen schien. »Danach hat das Haus lange leer gestanden. Niemand wollte hier mehr einziehen. ›Judenhaus‹ – so ein Name ist in dieser Gegend ein Makel. Es sollte abgerissen werden, doch dann tauchte Troller hier auf. Er hat das Haus 1957 gekauft. Sie haben seinen Namen vielleicht schon mal gehört. Hans Troller war Schriftsteller. Kurz nach dem Krieg hat er einen Roman geschrieben über seine Zeit als Soldat. Damals ein riesiger Erfolg. Die Bücher danach waren auch ganz erfolgreich. Aber dann ist er aus der Spur geraten. Er hat nur noch Gedichte verfasst, die niemanden interessierten. Schöne, düstere Gedichte, doch er wurde immer wunderlicher. Hat außer einer Frau, die er geliebt hat, niemanden auf sein Grundstück gelassen. Ich glaube, er fühlte sich verfolgt und hat Gespenster gesehen. Vielleicht die Toten aus dem Krieg. Er ist sie nie losgeworden.« Der alte Windhorst verstummte und starrte vor sich hin. »Es ist so viel Zeit vergangen. Ich war noch ein Junge damals. Vor über vierzig Jahren, ja, so lange ist es her… da ist Troller gestorben, ganz plötzlich. Danach hat hier niemand mehr gewohnt. Die Leute im Dorf haben gesagt, dass es hier spukt, dass manchmal nachts ein Licht zu sehen war, als würde Troller noch umhergehen, weit nach Mitternacht, mit einer Kerze, und laut schaurige Gedichte vorlesen.« Er beugte sich über die Falle und runzelte die Stirn. »Ja, ich weiß«, sagte er, als erwartete er einen Einwand von Christoph, »die Leute hier reden manchmal recht viel Unsinn.«

Mark stöhnte und schlug die Augen auf, schloss sie jedoch schnell wieder. Warum erzählt mir Windhorst davon?, fragte Christoph sich. Was soll diese Geschichte?

»Ihre Frau – Anna hat das Haus gerettet«, fuhr der alte Windhorst fort. »Es war baufällig und sollte abgerissen werden, zum zweiten Mal – die Bagger waren schon bestellt. Dann ist sie gekommen und hat es der Gemeinde abgekauft.«

Christoph nickte. Ja, er erinnerte sich, wie aufgeregt Anna gewesen war und dass sie eine halbe Nacht lang mit ihrer Mutter gesprochen hatte, damit die ihr Geld für eine Anzahlung und die teure Renovierung lieh. Ihr Vater hatte sich geweigert. Christoph selbst hatte damals in einem großen Auftrag für eine Autovermietung gesteckt und sich nicht so recht für das Haus und seine Geschichte interessiert.

»Ihre Frau hätte nicht gewollt, dass Sie das Haus verkaufen.« Der alte Windhorst schaute Christoph an. »Sie hat es wieder zum Leben erweckt, buchstäblich.«

Wie kommen Sie darauf, dass ich das Haus verkaufen werde?, wollte Christoph entrüstet erwidern, doch dann senkte er nur den Blick. »Glauben Sie, dass Sie die Klemme aufbekommen?«, fragte er, um das Thema zu wechseln.

Der alte Windhorst lächelte. »Kein Problem. Habe eine elektrische Metallsäge dabei. Werde nur ein wenig Krach machen müssen.«

Christoph strich Mark über die Wange, der sofort, als habe er doch nicht geschlafen, die Augen aufschlug. »Ich glaube, es war gut, dass ich in die Falle gelaufen bin – Sonja wäre da bestimmt gestorben.«

Der Junge dachte tatsächlich immer noch an das Schwein.

Windhorst brauchte zwei Minuten, um die Klemme mit der elektrischen Säge zu durchtrennen. Dankbar bot Christoph ihm Geld an, doch der Alte lehnte ab. »Feiern Sie fröhliche Weihnachten«, sagte er, während er sein Werkzeug verstaute. »Und denken Sie über das Haus nach. Wäre schade, wenn jemand anderes …«

Christoph nickte ihm zu. Mark hatte sich wieder in seine Decke gehüllt, obwohl es im Haus längst nicht mehr kalt war. »Ich werde nichts überstürzen«, erklärte Christoph vage.

Der alte Windhorst zog seine Joppe an. In der Tür blieb er noch einmal stehen. »Dieses seltsame Mädchen ist übrigens heute Vormittag hierhergefahren … Sie wissen schon, diese junge Frau, die den Ökoladen betreibt.«

»Leonie?«, fragte Mark und richtete sich auf. »War sie allein?«

»Ihr Hund saß im Auto auf dem Beifahrersitz«, erwiderte der alte Windhorst. »Sie ist ganz schön rasant an unserem Haus vorbeigerast. Schien es furchtbar eilig zu haben.«

15

»Können wir gleich zu Leonie fahren?« Mark machte Anstalten aufzustehen, doch Christoph schob ihn zurück und besah sich das Bein seines Sohnes. Außer ein paar kleineren Hautabschürfungen hatte die Falle zum Glück keine Spuren hinterlassen. »Vielleicht ist Sonja ja wieder da…«

»Später«, erklärte Christoph. »Jetzt lasse ich dir erst mal Wasser in die Badewanne laufen. Ich will nicht, dass du krank wirst.«

»Und dann besuchen wir Leonie?« Mark schien sich tatsächlich in Windeseile erholt zu haben.

Christoph nickte. Er spürte, wie erschöpft er war. Die Suche hatte ihn angestrengt. Gleichzeitig trieb ihn um, was er über das Haus erfahren hatte – das Judenhaus, später das Heim eines Schriftstellers. Wieder bedauerte er, dass sein Tablet nicht funktionierte. Er brauchte ein Aufladegerät. Troller… Hatte Anna diesen Namen nicht einmal erwähnt? Er versuchte sich zu erinnern, wann sie das erste Mal von diesem Haus gesprochen hatte, aber er wusste es nicht mehr. Den ersten Besuch hatten sie bei wunderschönem Wetter gemacht, und doch hatte er gedacht: Was für eine Bruchbude! Das Dach war undicht, die Fenster waren eingeschlagen und morsch. Für

Renovierungen habe er keine Zeit, hatte er Anna damals gesagt, doch sie hatte nur gelacht und abgewinkt. Um all das würde sie sich kümmern. Es waren ihr Haus und ihre Entdeckung.

Während Mark in der alten Badewanne lag, strich Christoph durch das Haus und suchte nach Spuren des Schriftstellers. In Annas winzigem Arbeitszimmer fand er sie. Drei Bücher von Hans Troller, die ihm nie aufgefallen waren. Vergilbt mit welligen Schutzumschlägen standen sie in dem Bücherregal, das Anna vermutlich hatte hängen lassen: *Der Weg, Die Heimkehr, Das Schweigen.* Christoph nahm ein Buch heraus. Auf der Rückseite war ein ausgemergelter Mann mit großen dunklen Augen zu sehen, der den Betrachter regelrecht fixierte. Als er die erste Seite aufschlug, entdeckte er die Widmung: *In Liebe – für Jolanthe,* stand da. Auch die beiden anderen Bücher enthielten diese Widmung. Im dritten stand ein Datum: 23.7.1967. Es war eine Ewigkeit her.

»Ich bin total sauber!«, rief Mark. Er war aus der Wanne geklettert und hatte sich ein Badetuch umgeschlungen. »Ich ziehe mich jetzt an, und dann fahren wir, ja?«

»Gleich!«, rief Christoph. Er sah sich in dem winzigen Raum um. Anna hatte sich hier ein kleines Büro einrichten wollen, damit sie auch hier Aufträge bearbeiten konnte, aber als sei es ihr nicht so wichtig gewesen, war sie mit den Arbeiten nie weitergekommen. An der Wand entdeckte er ein Foto des Hauses, wie es wohl vor fünfzig Jahren ausgesehen hatte. Ein Mann und eine junge Frau standen davor; er hatte den Arm zaghaft um sie gelegt. Die beiden Gestalten waren aus einiger Entfernung aufgenommen worden, doch Christoph meinte zu sehen, dass es Troller war, der Schriftsteller. Und die Frau?

Jolanthe war kein Name, der häufig vorkam.

Annas Großmutter hatte den Namen Jolanthe getragen. Er hatte sie nur einmal getroffen, kurz nachdem er Anna kennengelernt hatte. Wenig später war sie gestorben. Jolanthe war Opernsängerin gewesen; sie hatte in Düsseldorf in einem Altenheim für Künstler gelebt. Sie war das schwarze Schaf der Familie. Während ihr Mann, ein Lehrer, sich um seine beiden Söhne gekümmert hatte, war sie um die Welt gezogen und hatte in zweit- oder drittklassigen Opernhäusern gesungen. Für die große Karriere hatte es nicht gereicht. Irgendwann hatte Jolanthe sich dann scheiden lassen. Annas Vater hatte so gut wie nie von ihr gesprochen, doch Anna hatte ihre Großmutter beinahe abgöttisch geliebt.

Waren Jolanthe und Troller ein Liebespaar gewesen? Es sah fast so aus, doch warum hatte Anna nie davon gesprochen? Nun, wenn er ehrlich war, hatte er sich nicht sehr für ihre Familiengeschichte interessiert. Er hatte sich ja nicht einmal die karge Einrichtung des Zimmers genauer angesehen.

Im Regal fand er auch einen Gedichtband von Troller – *Die andere Seite des Herzens.* Diesmal ohne Widmung. Aber im Inhaltsverzeichnis las er, dass ein Gedicht »Ferne J.« hieß.

»Fahren wir jetzt?« Mark stand mit nassen Haaren, aber angezogen in der Tür.

»Gleich«, erwiderte Christoph erneut. Er stellte den Gedichtband zurück.

»Was machst du in Mamas Zimmer?« Mark kam ein wenig näher und blickte sich beinahe ängstlich um. Mamas Zimmer? Er empfand es also auch so, dass dieser Raum nur Anna gehört hatte.

»Ich habe etwas erfahren«, erklärte Christoph. »Dieses Haus hat einmal einem Schriftsteller gehört. Offenbar hat Anna das gewusst.«

»Und wo ist dieser Schriftsteller jetzt?«, fragte Mark.

»Er ist schon lange tot.« In dem Regal standen ein alter abgegriffener Opernführer sowie zwei schwarze Einbände. Christoph nahm den ersten Band heraus. Es war ein Tagebuch, das in einer kleinen, kaum leserlichen Handschrift abgefasst war. Wahrscheinlich hatte Troller es geschrieben. Der erste Eintrag stammte aus dem Jahr 1963.

»Was, glaubst du, hat Leonie bei uns gewollt?«, fragte Mark. Er zog Christoph am Hosenbein.

Christoph lächelte. Sein Sohn war wirklich klug. Er wusste, wie er die Aufmerksamkeit auf sich ziehen konnte. »Gib mir noch eine halbe Stunde, ja? Dann fahren wir zu Leonie. Hast du eigentlich keinen Hunger?«

»Doch!« Mark lächelte ebenfalls. »Ich könnte nachher eine Pizza essen, aber erst müssen wir zu Leonie. Mein Bein tut gar nicht mehr weh.« Er streckte seinen rechten Fuß vor und bewegte ihn auf und ab.

»Mach dir erst mal ein Müsli«, schlug Christoph vor.

Ein paar Minuten wollte er in diesem Raum noch für sich haben.

Mark drehte sich um und lief die Treppe hinunter.

Jolanthe und Troller – hatte Anna als Einzige in ihrer Familie von diesem Liebesverhältnis gewusst? Ihren Großvater, den Lehrer, hatte Christoph nur zweimal gesehen; ein wortkarger, strenger Mann mit dichten grauen Haaren, der uralt geworden und erst vor fünf Jahren hochbetagt gestorben war. Mit ihm war Anna nie zurechtgekommen.

Christoph stellte das erste Buch zurück und nahm das zweite heraus. Auch dieser Band war in der winzigen, zusammengeschobenen Schrift verfasst. Der erste Eintrag war mit dem Datum 2.4.1967 überschrieben. Christoph versuchte zu lesen, aber mehr als die Worte »Schuld«, »Liebe« und »in der lauten Nacht« konnte er nicht entziffern.

Als er den Band zurückstellen wollte, segelte ein einzelnes Blatt heraus. Ein schmales, vergilbtes Stück Papier, das in einer größeren Schrift abgefasst war. Christoph begann zu lesen:

23.12.1969

Liebe J.,

Du bist seit sechs Wochen fort. Sechs Wochen habe ich nicht gelebt, nicht gesprochen, nicht geschrieben, nur sinnlos geatmet. Ich bin ein nutzloser Köter, der sich

nicht mehr aus seiner Hütte traut. Wie soll ich dieses verdammte Weihnachtsfest überstehen?
Als ich heute Morgen wach wurde, atmete das Haus Deinen Namen. Jedes Knarren, jedes Quietschen der Tür sprach von Dir, und auch das wenige Licht, das durch den wolkenverhangenen Himmel hereinfiel, hieß wie Du. Und dieser Geruch, der mich umgab – Dein Parfüm, Dein Atem, Deine Haut auf meiner. Ich bin hinaus in den Wald gegangen und habe einen Baum umarmt, als könnte mich das trösten. Dann habe ich Dein Haar gefühlt, das über meine Haut streicht.
Sechs Wochen … nicht einmal im Dreck, in einem verfluchten Schützengraben, während uns die Bomben um die Ohren flogen, ist mir die Zeit so lang vorgekommen. Ich vermisse Deine grünen, blitzenden Augen, das Muttermal auf Deiner Schulter, Deine Stimme aus dem Bad am Morgen.
Ich kann nicht verstehen, daß Du gegangen bist. Dieser abgerissene Zettel auf dem Tisch: Bin zurück zu Georg. Warum? Ich schreie es hinaus. Warum? Ohne Dich werde ich nie wieder eine Zeile schreiben können. Ohne Dich bin ich eine tote Pflanze, ein sinnlos Atmender. Weißt Du das denn alles nicht?
Als ich aus dem verdammten Krieg kam, habe ich von solch einer Liebe, wie wir sie gehabt haben, geträumt. Wir haben uns um nichts und niemanden geschert. Haben alle, die wir nicht mochten, zum Teufel geschickt. Das war richtig. Und nun: Bin zurück zu Georg? Zu diesem Pedanten und elenden Langweiler? Bitte verzeih

mir, aber ich verstehe es nicht. Deine Stimme –
wirst Du wirklich nie wieder für mich singen?
Ich bewege mich den ganzen Tag durch das dunkle Haus, als würde ich auf Eis gehen. Kein Licht habe ich angeschaltet, nicht den Ofen angemacht. Es ist kalt und dunkel, und meine Füße gehen wirklich auf Eis, das unter mir knarzt und ächzt und gewiß gleich einbrechen wird. Ja, ich werde einbrechen ohne Dich, ein müder, verlassener Mann ohne Sprache.
Komm zurück – schreie ich laut und stumm in den Wald. Hier gehörst Du hin – an meine Seite.

In Liebe
H

Christoph erschrak mit jedem Wort, das er las, mehr. Ja, Annas Großmutter und Troller waren ein Liebespaar gewesen, vor fast fünfzig Jahren. Noch immer war die Verzweiflung zu spüren, die aus diesen Zeilen sprach. Offenbar hatte Troller seinen Brief nicht abgeschickt, sonst hätte er wohl kaum in dem Tagebuch gesteckt. Oder Jolanthe war doch zu ihm zurückgekehrt, weil der Brief sie zurückgebracht hatte. Nein, das war wenig wahrscheinlich. Was hatte der alte Windhorst gesagt? Troller war ein erfolgreicher Schriftsteller gewesen, doch dann hatte er nie wieder einen Roman geschrieben, nur noch düstere Gedichte. Hatte Annas Großmutter ihn verlassen und ihn in das Schweigen gestoßen, das bis zu seinem Tod währte? Und viele Jahre später hatte Anna dieses Haus und mit ihm Trollers Erinnerungen vor dem Untergang bewahrt.

Plötzlich fühlte Christoph sich schuldig. Er hatte von all dem nichts mitbekommen, hatte nie begriffen, warum Anna das Haus hatte kaufen und renovieren wollen. Hier hatte die geheime oder zumindest nicht offen ausgesprochene Liebesgeschichte ihrer Großmutter stattgefunden.

»Was ist los?« Mark stand wieder in der Tür. »Kommst du endlich? Leonie wartet bestimmt auf uns.«

Bestimmt nicht, hätte Christoph am liebsten erwidert. Doch er nickte nur und legte den Brief in das Tagebuch zurück. Sollte er mit Annas Eltern über seinen Fund sprechen? Nein, Annas Vater würde kaum begeistert sein zu hören, welche Verbindung seine Mutter zu diesem Haus hatte. Er hatte sie nie hier besucht, fiel Christoph plötzlich auf. Dafür konnte es einen guten Grund geben: Er hatte von der Affäre seiner Mutter gewusst. Wie alt war er damals gewesen – zehn, zwölf Jahre?

»Hast du hier was Besonderes gefunden?« Mark blickte ihn forschend an. »Hat Mama irgendwelche Briefe aufbewahrt?«

»Anna nicht«, erwiderte Christoph wahrheitsgemäß, »aber der Mann, der hier mal gewohnt hat.«

»Der Schriftsteller?«

»Ja.« Christoph schob seinen Sohn aus dem Zimmer. Er würde sich Trollers Tagebücher genauer ansehen, nahm er sich vor. Möglicherweise interessierte sich ja sogar ein Verlag dafür.

Und er würde Annas Haus nicht verkaufen. Diesen Entschluss hatte er in dieser Sekunde gefasst.

»Ich glaube, dass Leonie Sonja gefunden hat«, sagte Mark plötzlich. Dann musste er niesen. Offenbar hatte er sich doch erkältet. »Ja, ich glaube ganz fest daran«, fuhr er fort, doch mehr zu sich selbst.

16

Es war der 23.12. – vor fast fünfzig Jahren hatte Hans Troller genau an diesem Tag vor Heiligabend einen verzweifelten Brief an seine Geliebte Jolanthe geschrieben. Plötzlich bewegte Christoph sich anders durch das Haus, als seien Mark und er gar nicht allein hier, als gäbe es noch andere Personen, die sich hier aufhielten – Anna und Jolanthe und Hans Troller. War das auch für Anna so gewesen? Dass die Geschichte des Hauses sie umgab, dass sie sich hier ihrer Großmutter nahe fühlte?

Ein Tag vor eineinhalb Jahren fiel ihm ein. Er war einkaufen gewesen, und als er zurückkehrte, saß Mark selbstvergessen in einem Sandhaufen auf dem Hof und spielte mit Metallautos, die er eine selbst gebaute Straße hinunterschickte. Aus den offenen Fenstern des Hauses hallte eine Arie – Maria Callas, hatte er gedacht, aber vielleicht war es auch Jolanthe gewesen, die gesungen hatte. Möglicherweise hatte Anna ja eine Aufnahme von ihr besessen, ohne dass er es mitbekommen hatte. Christoph hatte in seinem Auto verharrt, ganz verzaubert von dem Moment. Im Haus, so hatte er sehen können, strich Anna gerade eine Wand weiß und wiegte den Kopf zur Musik hin und her.

Eigentlich hatte er ihre Sachen schon packen wollen,

um gleich von Leonie zu Annas Eltern zu fahren, doch nun schien es ihm besser, noch eine Nacht zu bleiben. Sie konnten auch erst morgen, am Heiligen Abend, fahren.

Mark hatte sich bereits seinen Anorak angezogen. Unruhig stand er an der Tür und furchte die Stirn.

»Ich will jetzt endlich zu Leonie«, nörgelte er. Wenn er so ungeduldig war, glich er Anna noch mehr als ohnehin schon.

»Ich glaube, wir sollten doch noch eine Nacht hierbleiben«, sagte Christoph, und fast hätte er hinzugefügt: Und wir verkaufen das Haus auch nicht. Aber dann sprach er nicht weiter. Mark hatte von seinen Plänen ja ohnehin nichts gewusst.

Es war kurz nach halb vier. Dicke Wolken hatten sich zusammengezogen. Bald würde es dunkel werden. Mark musste wieder niesen, während sie zum Auto gingen, doch er winkte mit einer hastigen Bewegung ab.

»Mir geht es gut«, sagte er. »Ich will nur ganz schnell zu Leonie.«

Christoph schloss den Wagen auf und warf noch einen Blick zum Haus hinüber. Er hatte das Licht im Wohnraum brennen lassen, sodass es nicht verlassen wirkte. Das Anna-und-Jolanthe-Haus. Nun kam es ihm vor, als wäre eine Ewigkeit vergangen, seit er am Morgen erwacht war und Mark hatte suchen müssen.

Der alte Windhorst stand an seiner Einfahrt und winkte ihnen zu, als sie vorbeifuhren. Beinahe hätte Christoph gehalten und ihm erzählt, was er herausgefunden hatte, aber das würde er später nachholen.

Auf der Dorfstraße herrschte ungewöhnlich viel Verkehr. Autos parkten am Rand. Die Leute kauften für den Heiligabend ein. Große Pakete und letzte Weihnachtsbäume wurden verladen. Mark sagte kein Wort. Christoph spürte, wie angespannt sein Sohn war. Die Abzweigung zu Leonies Laden sah er im letzten Moment. Als er das Steuer herumriss und scharf abbog, lachte Mark erwartungsfroh auf. Es würde schwer werden, ihn davon zu überzeugen, dass sie ihre Suche nach Sonja würden aufgeben müssen. Auf die Anzeige hatte sich niemand mehr gemeldet, und Christoph hatte auch keine Hoffnung, dass sie noch eine Spur von dem Drogenschwein finden würden.

Es war schon fast dunkel, als sie an dem Laden ankamen. Das kleine Schaufenster war erleuchtet, doch es war niemand zu sehen. Wie war Leonie nur auf die Idee gekommen, dass sie am Ende eines Waldwegs ein Geschäft betreiben könnte? Mark sprang sofort aus dem Wagen und lief auf die Eingangstür zu. Christoph ließ sich Zeit. Was sollte er Leonie sagen? Er würde sich von ihr verabschieden und sich beiläufig erkundigen, was sie bei ihnen am Haus gewollt hatte. Ihr alter Mercedes stand vor der Tür. Seltsamerweise war die Fahrertür geöffnet, und das Radio lief. Offenbar hatte sie vor ein paar Momenten noch etwas ausgeladen.

Mark hatte bereits die Tür erreicht und schob sie auf. Die Klingel ertönte.

Wie mochte Leonie wohl Heiligabend verbringen?, fiel Christoph plötzlich ein. Wenn er es richtig mitbekommen hatte, war sie allein, weil sie sich von ihrem Freund getrennt hatte – oder er sich von ihr.

Während er auf den Laden zuging, vernahm er Marks Stimme. Laut und aufgeregt rief er nach Leonie, und dann antwortete ihm dumpfes Hundegebell.

Von einer Sekunde auf die nächste hatte Christoph das Gefühl, dass etwas ganz und gar nicht stimmte.

Mark schaute ihn fragend an, als er hereinkam. Der Hund bellte nicht mehr, er stand offenbar jaulend hinter der Bürotür und schien darauf zu warten, dass ihn jemand befreite.

»Leonie ist wohl nicht da«, sagte Mark leise und enttäuscht.

Christoph schaute sich um. Nach einem Überfall sah es nicht aus. In drei Holzkisten lagen wie bei ihrem ersten Besuch Äpfel, Birnen und Salat. Hinter dem Tresen waren ein paar Brote aufgeschichtet. Auch den kargen Vorrat an Honig und selbst gemachter Marmelade hatte niemand angerührt.

»Vielleicht ist sie im Bad – wäscht sich die Hände«, sagte Christoph, obwohl er das selbst nicht glaubte.

Der Hund hinter der Tür jaulte wieder.

Als er um den Tresen herumging, sah er, dass dort ein altes, zerschrammtes Handy lag. Er zog die einzige Schublade auf und blickte in eine provisorische Kasse. Ein Zwanzig-Euro-Schein, drei Zehn-Euro-Scheine und ein paar Münzen befanden sich in einer Pappschachtel.

»Leonie!«, rief Mark noch einmal, und sofort begann der Hund wieder zu bellen.

Sie ist nicht da, ging es Christoph durch den Kopf, dann blickte er zu Boden. Ein zerknülltes Papiertaschentuch lag da. Als er es mit spitzen Fingern aufhob, entdeckte er rote Flecken darauf – Blut. Das konnte nur Blut sein, noch nicht angetrocknet, also ziemlich frisch. War Leonie etwas passiert? War ihr schlecht geworden, war sie gestürzt und hatte einen Krankenwagen rufen müssen?

Kurzentschlossen nahm Christoph sein Handy hervor und ließ sich über die Auskunft mit dem Kreiskrankenhaus verbinden. Während Mark ihn argwöhnisch musterte, fragte er, ob eine gewisse Leonie Kunze eingeliefert worden sei, er sei ein Verwandter.

Nein, war die Antwort eines mürrischen Pförtners. Unter diesem Namen sei niemand eingeliefert worden.

»Nun ist auch Leonie verschwunden«, sagte Mark.

Christoph nickte. Was sollten sie tun? Leonie einen Abschiedsgruß aufschreiben und einfach wieder verschwinden? Zum Haus zurückfahren und die Sachen packen?

»Wir müssen sie suchen«, sagte Mark. Er stellte sich vor das kleine Ladenfenster und sah hinaus.

O nein, wollte Christoph antworten, es hat mir gereicht, dass ich dich heute Morgen schon suchen musste, doch stattdessen wandte er sich ab und öffnete die Tür zu dem Büro. Sofort stürzte der Hund schwanzwedelnd auf sie zu.

»Sieh mal, Papa«, sagte Mark. »Wie sehr Moritz sich freut!« Ohne jede Angst ließ er es zu, dass der Hund ihn freudig ansprang.

Christoph blickte in das Büro. Er hatte nicht erwartet, Leonie hier zu sehen. Nichts hatte sich seit ihrem letzten Besuch verändert. Das Bild mit dem Baby, das Leonie vor ihren Augen weggelegt hatte, stand wieder an seinem Platz. Das Einzige, was ihm auffiel, war eine angebrochene Schachtel Zigaretten, die auf einem Stapel Rechnungen lag. Rauchte Leonie? Nein, gewiss nicht. Also hatte sie Besuch bekommen, und mit diesem Besuch hatte sie das Haus verlassen … Er dachte an die beiden schwarz gekleideten Typen, die an ihrer Tür nach Sonja gefragt hatten. Ein düsterer Verdacht beschlich ihn.

Mark streichelte den Hund, der sich brav vor ihn gesetzt hatte.

»Was tun wir jetzt?«, fragte sein Sohn zaghaft.

»Wir könnten ja mal nach den Tieren sehen«, erwiderte Christoph. »Vielleicht ist ein Tier krank geworden, und Leonie kümmert sich …« Er verstummte, weil er wusste, dass seine Vermutung nicht stimmen konnte.

Kaum hatte Mark die Ladentür geöffnet, stürmte Moritz laut bellend hinaus. Er lief zu dem alten Mercedes, schnüffelte an dem Wagen herum und lief dann auf den Weg, der tiefer in den Wald führte.

»Moritz riecht etwas«, sagte Mark aufgeregt.

Ja, es sah ganz so aus. War Leonie also in der Nähe? Konnte der Hund sie wittern?

Laut bellend kehrte Moritz zurück, als wolle er sich vergewissern, dass sie ihm auch folgten.

»Wir gehen nur bis zur ersten Biegung«, erklärte Christoph mit fester Stimme, die keine Widerrede duldete. Er spürte, wie ihm die Glieder bleischwer wurden. »Ich will mich nicht noch einmal im Wald verirren.«

17

Christoph ging an dem Mercedes mit der offenen Fahrertür vorbei auf den Waldweg zu. Das letzte Licht schien im Wald zu verschwinden. Es war mittlerweile halb fünf geworden. Der Hund stand da und bellte sie an. Wusste er, wo Leonie sich befand?

»Lauf zum Laden«, wies er seinen Sohn an, »und hole ein paar Äpfel.«

Mark schaute fragend zu ihm auf, gehorchte dann aber.

Er würde sich nicht noch einmal im Wald verlaufen, schwor Christoph sich abermals. An jeder Biegung würde er ihren Weg mit einem Apfel markieren. Wie im Märchen, aber etwas Besseres fiel ihm auf die Schnelle nicht ein. Er selbst ging zu seinem Wagen und nahm Annas Taschenlampe heraus, die er glücklicherweise mitgenommen hatte.

Dann, bewaffnet mit acht Äpfeln, schritten sie in den Wald hinein.

Moritz war nun ruhiger geworden; er lief voraus, kehrte aber immer wieder zurück.

Christoph behielt sein Handy im Blick. Sobald er keinen Empfang mehr hatte, würde er sofort umkehren, sagte er sich.

Schweigend lief Mark neben ihm her und griff dann nach seiner Hand. An der ersten Biegung legte Christoph einen Apfel auf die Erde und nickte seinem Sohn zu. Moritz war, die Nase schnüffelnd am Boden, schon weitergelaufen.

Aus dem Wald drangen keine Geräusche. Als er sich umdrehte, war auch kein Licht mehr zu erkennen. Auf dem Display seines Handys zeigte ein Balken noch einen schwachen Empfang an. Viel weiter würden sie nicht gehen können, aber plötzlich machte der Hund auch nicht mehr den Eindruck, als würde er etwas suchen. Er sprang mal rechts, mal links ins Gebüsch. Vermutlich hatte er sich nur ein wenig Auslauf verschaffen wollen, und sein stürmischer Ausbruch bewies lediglich, wie lange er schon eingesperrt gewesen war.

Der Weg beschrieb einen Bogen. Nun war es so dunkel, dass Christoph die Taschenlampe einschalten musste. Der Lichtstrahl erfasste nichts als Schnee und kahle Bäume.

»Ich glaube, wir sollten umkehren«, sagte er leise. »Moritz wollte nur mal raus. Wir können ja noch ein bisschen im Laden auf Leonie warten.«

Er spürte, wie Mark seine Hand fester umklammerte, dann blieb sein Sohn stehen und deutete nach vorn.

»Guck!«, flüsterte er.

Christoph richtete den Schein der Lampe ein gutes Stück vor sich auf den Weg.

Ein schwarzer SUV mit einem Anhänger stand mitten auf dem Weg. Moritz preschte neugierig auf den Wagen zu und begann erneut zu bellen. Hastig schaltete Christoph die Lampe aus.

»Ein Anhänger«, flüsterte Mark und blickte in der Dunkelheit zu Christoph auf. »Für Sonja ...«

Nein, wollte Christoph erwidern, nein, das kann nicht sein, aber vielleicht hatte Mark ja recht. Der Wagen passte zu den zwei schwarz gekleideten Männern. Sein Handy zeigte immer noch einen schwachen Empfang an: Sie konnten es also wagen, sich vorsichtig zu nähern.

Moritz stand reglos neben dem Wagen und starrte sie auffordernd an.

»Still!«, zischte Christoph ihm zu. Falls die Männer in der Nähe waren, konnte es gefährlich sein, wenn der Hund anschlug.

Moritz duckte sich und blickte devot zu Christoph auf, als würde er dieses Kommando kennen.

»Sitz!«, flüsterte Christoph, und dann setzte der Hund sich tatsächlich hin.

Langsam gingen sie auf den SUV und den Anhänger zu. Wenn jemand in dem Wagen saß, hätte das Bellen des Hundes ihn bestimmt herausgelockt, überlegte Christoph. Bevor er sich dem Anhänger zuwandte, ließ er den Schein der Lampe über den SUV gleiten. Ein teurer schwarzer Porsche – solch einen Wagen würde sich in dieser Gegend kaum jemand leisten können. Christoph dachte an die Fußmatte, die sie mitten im Wald gefunden hatten. Also waren die Männer auch dort gewesen.

Der Wagen war leer und abgesperrt. Auf dem Beifahrersitz lagen eine Karte und eine schwarze Tasche. Mehr konnte Christoph nicht erkennen.

»Ich finde, dass der Anhänger stinkt«, zischte Mark. Er blickte seinen Vater erwartungsvoll an. »Nach einem Schwein. Auch Sonjas Stall hat so gestunken.«

Wir sollten gehen, dachte Christoph, sofort, und die Polizei informieren. Ein herrenloses teures Auto würde sie gewiss interessieren.

Er lief um den SUV herum und leuchtete auf das Nummernschild. Es war so verdreckt, dass man es beim besten Willen nicht lesen konnte. Dabei war der Wagen sonst nicht sonderlich schmutzig. Ein paar Schlammspritzer an den Kotflügeln, viel mehr nicht. Mit der rechten Hand brach er einen hart gewordenen Erdbrocken ab. Eine Kölner Nummer, also niemand aus der Gegend. Christoph zog sein Handy hervor und tippte unter der Rubrik Notizen die Nummer ein.

Moritz fiepte leise. Er saß noch immer da, aber nun schien ihm langweilig zu werden.

Auch von der anderen Seite leuchtete Christoph in den Wagen hinein. Mark drückte sich an ihn.

»Ist dir kalt?«, fragte Christoph ihn.

Der Junge schüttelte den Kopf.

Ein Schal lag auf der Rückbank, ein orangefarbener, offenbar selbst gehäkelter Schal. Hatte nicht Leonie bei ihrer ersten Begegnung solch einen Schal getragen? Christoph war sich nicht mehr sicher, aber irgendwie passte der Schal nicht in diesen Wagen.

»Glaubst du, dass Leonie mit dem Auto entführt worden ist?«, fragte Mark.

Entführt worden? Ja, möglicherweise, aber warum war der Wagen nicht weitergefahren? Christoph drehte sich um und leuchtete den Weg hinunter. Die Erklärung war einfach. Ein paar große Baumstämme lagen am Rand des Weges und machten ihn so eng, dass man mit einem breiten Porsche nicht ohne Weiteres vorbeifahren konnte.

»Ich weiß nicht«, sagte Christoph. Sein mulmiges Gefühl wurde immer intensiver. Waren die beiden Männer mit Sonja nicht zurechtgekommen, und hatten sie deshalb Leonie entführt?

Sie hatten den Wagen nun einmal umrundet und gelangten wieder zu dem Anhänger. Moritz schaute sie an und wedelte mit dem Schwanz. Der Hund war wirklich ungewöhnlich gut erzogen.

»Brav«, sagte Christoph und strich ihm über den Kopf.

Der Hund fiepte und jaulte.

Christoph beugte sich vor und blickte in den Anhänger hinein. Mark hatte recht. Es roch nach Schwein, eindeutig.

Der Lichtkegel der Taschenlampe fiel auf ein paar graue Decken, die schmutzig und völlig durchnässt waren. Zwei Haufen Kot verströmten den penetranten Geruch. Ob sie tatsächlich von einem Schwein stammten, konnte Christoph nicht sagen.

»Und?« Mark zerrte an seinem Hosenbein. »Ist Sonja in dem Wagen gefahren?«

»Keine Ahnung.« Christoph hob seinen Sohn hoch und ließ ihn auch hineinschauen.

»Doch«, sagte Mark und grinste. »Sonjas Kacke – so hat sie ausgesehen. Das weiß ich genau.«

Als wären diese Worte ein Zeichen, stürzte Moritz heran und warf sich förmlich gegen sie, so dass Christoph beinahe gestürzt wäre. Der Hund begann wieder zu kläffen.

»Still, verdammt.« Christoph setzte Mark auf dem Boden ab. Sie mussten zurück, die Polizei holen und eine Entführung melden. Er nahm sein Handy hervor. Kein Balken mehr, null Empfang, als hätten sie soeben eine Grenze überschritten.

»Wir müssen zurück«, sagte Christoph. Es ist zu gefährlich, wollte er hinzufügen, doch Mark war schon wieder um den Anhänger herumgelaufen. »Nein«, sagte er, »nein, das geht doch nicht! Sonja und Leonie sind ganz nahe … ich weiß es.« Er machte drei Schritte in die Dunkelheit und war nur noch als Schemen zu sehen. »Mama hätte nicht gewollt, dass wir umkehren«, sagte er.

Christoph spürte, wie sein Herz für einen Schlag aussetzte. Was hatte Mark da zum Ausdruck gebracht? Anna wäre weitergegangen, und er war feige, weil er zurückwollte?

»Nur bis zur nächsten Biegung. Wenn wir da nichts entdecken, drehen wir um«, fuhr Mark flehend fort. Er trat aus der Schwärze auf Christoph zu und streckte seine Hand aus.

Unwillkürlich dachte Christoph an den Tag nach

Annas Tod. Sie war nachts im Krankenhaus gestorben; irgendwann kurz nach Mitternacht hatte sie begonnen, unregelmäßig zu atmen, und dann hatte sie einen letzten schrecklichen Atemzug getan und war in einer großen, unglaublichen Stille versunken. Mark war mit Annas Eltern zu Hause gewesen. Zusammengesunken hatte Christoph am nächsten Morgen in der Küche gesessen, völlig leer, ohne Worte und ohne Tränen, und da war Mark gekommen, noch im Schlafanzug, und hatte ihn wortlos umarmt, als müsse er seinen Vater trösten. Niemand hatte ihm die Todesnachricht überbringen müssen.

Ist es meine Schuld, dass Mark danach so stumm und in sich gekehrt war?, fragte Christoph sich plötzlich. Hätte er anders mit Annas Tod umgehen müssen? Und spiegelte sein Sohn nur seine eigene wortlose Trauer wider, die vielleicht gar nicht Anna, sondern vielmehr ihm selbst galt? Er hatte immer ein anderes Bild von sich gehabt, er hatte sich für einen selbstbewussten, kreativen Werbemann gehalten, den nichts aus der Bahn werfen konnte. Und nun …

»Wir gehen bis zur nächsten Biegung, keinen Schritt weiter«, sagte er. »Und Moritz lassen wir hier. Ich will nicht, dass er uns verrät, falls die Männer wirklich in der Nähe sind.«

Er sah, wie Mark aufgeregt nickte. Dann öffnete er die Klappe des Anhängers und lockte Moritz hinein. Widerwillig kam der Hund heran, als ahne er, dass man ihm eine Falle stellen wollte.

Christoph packte ihn am Hals und schob ihn in den Anhänger, dann schloss er blitzschnell die Klappe. Der Hund jaulte protestierend auf.

»Ist nicht für lange«, sprach Mark ihm zu. »Wir sind gleich wieder da. Wir suchen nur Sonja und Leonie.« Dann ergriff er Christophs Hand, und sie gingen vorsichtig weiter.

Einen Moment später erschraken sie beide. Ein lautes Krachen hallte durch den Wald, weil sie gleichzeitig auf einen morschen Ast traten, der auf dem Weg lag.

»Was wir tun, ist unvernünftig«, sagte Christoph, so als sei sein Begleiter kein achtjähriges Kind, sondern als würde er mit Anna reden.

»Ja«, flüsterte Mark. »Aber es kann uns nichts passieren. Mama passt auf.«

18

Der Hund jaulte noch ein paar Mal, dann wurde es hinter ihnen still. Offenbar hatte er sich in sein Schicksal gefügt, oder er schnüffelte, bedrängt von neuen, intensiven Gerüchen, den Anhänger aus.

Sie gelangten an eine Abzweigung und nahmen nach einem kurzen Zögern den Weg, der anscheinend weiter in den Wald hineinführte. Eine tiefe Stille umgab sie, als könne sich in dieser Umgebung kein Mensch aufhalten. Sie gingen weiter, ohne die Taschenlampe eingeschaltet zu haben. Inzwischen hatten sich ihre Augen an die Dunkelheit gewöhnt.

Es war seltsam, mit jedem Schritt, den er machte, fühlte Christoph eine größere Zuversicht, als würde er nicht auf unvernünftige Weise ein Schwein suchen, sondern als würde er aus seiner Trauer hinaustreten, die ihn seit vielen Wochen fest in ihren Krallen gehabt hatte. Mark hatte geschwiegen und sich zurückgezogen, aber was hatte er getan? Er war ins Büro gefahren und hatte sich hinter seinem Schreibtisch verkrochen. Niemand hatte gewagt, ihn anzusprechen, und fast alle Telefonate hatte man von ihm ferngehalten. Er hatte sich in einem düsteren Vakuum aufgehalten. Anna war tot, sie würde nie mehr neben ihm liegen, aber war das Trauer oder nicht eher Selbstmitleid gewesen? Stumme Vorwürfe hatte er ihr gemacht, jeden Tag, jede Nacht. Warum hatte sie ihm das angetan? Warum hatte sie ihn verlassen? Gerade jetzt, wo seine Firma in Schwierigkeiten geraten war und Mark zu einer eigenständigen Person heranreifte, um die man sich intensiv kümmern musste?

»Wir müssen demnächst ein paar Dinge anders machen«, sagte Christoph vor sich hin. »Wir können weiter jeden zweiten Tag auf den Friedhof gehen und mit Anna sprechen, aber dann dürfen wir nicht mehr so traurig sein. Anna hätte das nicht gewollt.«

»Ja«, sagte Mark neben ihm. »Es wäre schön, wenn du nicht mehr so traurig wärest.« Er schaute Christoph an und lächelte dann, als hätte sein Vater endlich begriffen, worum es die ganze Zeit gegangen war.

Ein wenig beschämt blickte Christoph zu Boden. Wenn sie Sonja und Leonie jetzt noch finden würden und sich alles klären würde … Er dachte an das Haus und das Geheimnis, das er gelöst hatte. Vielleicht sollte er über Weihnachten die Aufzeichnungen des toten Schriftstellers lesen, der ja auch irgendwie ein Verlassener gewesen war.

»Wir haben etwas vergessen«, raunte Mark ihm zu. Er zog einen Apfel aus seiner Tasche und hielt ihn hoch. »Ich muss ihn an die Biegung legen, wie du es gesagt hast. Damit wir uns nicht verirren.«

Christoph nickte, und Mark wandte sich rasch um und lief ein paar Schritte in die Dunkelheit hinein. Er war ein dunkler Umriss, der sich dann lautlos in der

Finsternis auflöste. Christoph schaute ihm nach und hatte einen Moment später das Gefühl, dass ihn jemand beobachtete. War Leonie hier irgendwo? Ein diffuses Gefühl für Gefahr erwachte. Er öffnete den Mund, um Mark hinterherzurufen, er solle aufpassen und sofort zurückkommen, doch da zog ein Geräusch, das irgendwo links von ihm erklang, seine Aufmerksamkeit unwillkürlich auf sich.

Eine Sekunde später leuchtete ihm der Schein einer grellen Taschenlampe ins Gesicht.

»Bleiben Sie stehen!«, sagte eine barsche Stimme. »Und legen Sie die Lampe auf den Boden!«

Christoph durchzuckte ein glühender Schreck. Wo war Mark?, war sein nächster Gedanke. Er wandte den Kopf, aber hinter sich konnte er nichts erkennen.

»Nicht bewegen!«, rief die Stimme, die eindeutig einem der Schwarzgekleideten gehörte. Er kam näher. Der Lichtkegel der Taschenlampe hüllte Christoph ein und blendete ihn so sehr, dass er nun gar nichts mehr erkennen konnte. Mit einer langsamen Bewegung legte er seine Taschenlampe vor sich auf den Weg. Dann rief er so laut, dass Mark es hoffentlich hörte: »Was soll das? Wer sind Sie?«

Der Schatten, der hinter dem Lichtkegel zu ahnen war, beugte sich vor und versetzte ihm einen so heftigen Stoß, dass er zu Boden stürzte.

»Was spionierst du uns nach?«, rief der Mann voller Wut.

Christoph wälzte sich auf dem Boden. Sein Rücken

schmerzte von dem Sturz. Wo war Mark? Von ihm hatte der Schwarzgekleidete offenbar nichts mitbekommen. In der Dunkelheit war nichts auszumachen. Wie weit war es bis zur Abzweigung gewesen? Höchstens fünfzig Meter. Also musste Mark das Licht gesehen und ihre Stimmen gehört haben.

»Bist du allein?«, fragte die Stimme. »Oder ist noch jemand bei dir?« Für einen Moment tauchte das Gesicht des Mannes neben dem Lichtkegel auf. Es war der Größere der Schwarzgewandeten, diesmal ohne Sonnenbrille und in einem schwarzen Mantel, der ziemlich verdreckt aussah. »Kannst du nicht reden?«

»Ich bin allein«, erwiderte Christoph. Es gelang ihm, auf die Beine zu kommen. Mark ließ sich nicht blicken. Gut so, aber was sollte nun geschehen? Würde Mark ganz allein und ohne eine Lampe aus dem Wald hinausfinden?

»O Mann!« Der Schwarzgewandete stöhnte. »Was rennst du uns nach? Was soll der Scheiß?« Er versetzte Christoph einen weiteren, nicht ganz so heftigen Stoß, der ihn in eine bestimmte Richtung dirigieren sollte. »Was willst du hier, Arschloch? Am liebsten würde ich dir auf der Stelle die Fresse polieren!« Der Mann schien richtig verzweifelt zu sein. »Na, soll Rüdi sich überlegen, was wir mit dir machen.« Er spuckte aus und zerrte Christoph am Arm. Er trug Handschuhe.

Würde er sich gegen den Mann zur Wehr setzen können?, überlegte Christoph für einen Moment. Abermals wurde ihm ein Stoß versetzt. Nein, er musste sich ruhig verhalten. Er konnte nur versuchen, Mark zu warnen. Wahrscheinlich hatte der Schwarzgekleidete eine Waffe dabei.

»Bist du der neue Lover von der kleinen Blonden?«, fragte der Mann. Seine Wut war ihm immer noch anzuhören. »Rennst du deshalb durch den Wald?«

»Sprechen Sie von Leonie?« Christoph ging ein wenig schneller, um aus der Reichweite des Mannes zu gelangen.

Der Schwarzgewandete lachte grob. »Was bist du für ein Clown! Redest ganz schön geschwollen. Klar spreche ich von dieser saudummen Schweinelady.«

Christoph versuchte zu lauschen. Hörte er etwas von Mark? Nein, es war nichts zu vernehmen, aber der Schwarzgekleidete redete auch ohne Unterlass weiter. »War nicht klug, dass ihr das Schwein versteckt habt. Hättet das Tier besser gleich rausgerückt. Hätte uns echt Ärger erspart. Wo ist eigentlich der Junge, der da in deinem Haus war?«

»Bei seiner Mutter«, log Christoph. »Er ist zu ihr gefahren. Weihnachten feiern. Wir leben getrennt.«

Der Schwarzgewandete schnaubte abfällig, vielleicht weil er nichts von Weihnachten hielt, aber jedenfalls schien er diese Aussage nicht anzuzweifeln. Er trieb Christoph vor sich her. Die Taschenlampe erhellte den Weg einigermaßen, dann glitt der Lichtschein nach rechts. Ein schmaler Pfad führte durch eine dichte Tannenschonung. »Da rein!«, befahl der Mann. »Wir sind gleich da. Rüdi wird sich ein Loch in den Bauch freuen.«

Christoph stolperte den schmalen Pfad entlang. Er war wieder zu sorglos gewesen. Was würde Mark nun tun – ein achtjähriger Junge allein im Wald? Wenn er klug war, lief er zurück zu Leonies Laden, aber was, wenn er sich verirrte? Christoph hatte den Impuls, sich umzudrehen und an dem Mann vorbeizustürmen, doch schon als er langsamer wurde, versetzte der ihm wieder einen Stoß. Dann war plötzlich eine andere Stimme zu hören. Ein Mann redete, und durch die Tannen war der Schein eines Feuers zu sehen.

Noch einmal blieb Christoph stehen. Seine vielleicht letzte Möglichkeit zu fliehen, bis er auch dem zweiten Schwarzgewandeten gegenüberstand.

»Denk gar nicht daran!«, zischte ihm der Mann plötzlich ins Ohr und lachte höhnisch.

Sie betraten eine kleine Lichtung, auf der tatsächlich ein Feuer brannte. Die beiden Männer schienen sich überaus sicher zu fühlen. Der Kleinere, der offenbar Rüdi hieß, beugte sich über die Flammen, um sich die Hände zu wärmen.

»Was für eine blöde Idee, bei diesem Wetter Drogen zu suchen«, sagte er. Christoph trat in den Feuerschein. Rüdi blickte auf und verzog das Gesicht.

»Der Typ lief durch den Wald«, erklärte der Größere und schob sich an Christoph vorbei.

»Verdammte Scheiße.« Rüdi ballte eine Hand zur Faust und reckte sie gen Himmel. »Ist schon das halbe Dorf hinter uns her?«

»Glaube ich nicht«, sagte der andere.

»Und was ist mit dem Whiskey?«, fragte Rüdi. »Hast du ihn aus dem Auto geholt?«

Der Größere stellte sich auch ans Feuer und zuckte die Achseln. »Wollte erst mal den Typen hier abliefern.«

Rüdi nickte mit düsterer Miene.

Jetzt erkannte Christoph, dass sich noch jemand auf der Lichtung befand. Leonie hockte zusammengekauert auf einer Art Plane. Sie blickte kurz auf, und als sie Christoph erspähte, hielt sie die Augen auf ihn gerichtet. Ein schmales Lächeln glitt über ihre Lippen, das ihre dunklen Augen jedoch nicht erreichte, dann runzelte sie die Stirn. Christoph verstand ihre stumme Frage: Wo ist Mark?

Er schüttelte unmerklich den Kopf und lächelte ebenfalls. Wenigstens war Leonie bisher nichts passiert, dachte er, aber dann ergriff ihn wieder die Sorge um Mark. Anna, betete er stumm, pass bitte auf den Jungen auf.

»Was machen wir nun mit den beiden?«, fragte der Größere.

»Scheiße«, sagte Rüdi. Er verzog den Mund, so dass man seine gelben Stummelzähne sehen konnte. »Einen Schluck Whiskey hätte ich jetzt gut gebrauchen können. Das Ganze war von Anfang an eine echt beschissene Idee. Ein Drogenschwein entführen, mitten im Winter …«

Der Größere zog ein wenig den Kopf ein, als habe er Angst, Rüdi würde ihn schlagen. Dann wandte er sich an Christoph.

»Du«, sagte er, »du gehst auf die andere Seite.« Er deutete auf eine Stelle jenseits des Feuers.

Christoph schritt langsam um das Feuer herum. Er konnte zwar nicht mit Leonie sprechen, aber er hatte sie zumindest im Blick. Sie starrte wieder zu Boden, konsterniert und mutlos. Glaubte sie, dass die Männer ihnen etwas antun würden? Und wo war eigentlich Sonja, das Schwein? Christoph blickte sich um. War die Sau abgehauen und irgendwo im Wald verschwunden? Aber wieso standen die Männer dann so ruhig am Feuer?

»Ich glaube, die beiden haben was miteinander«, sagte der Größere und blickte Rüdi an. Sein Gesicht verzog sich zu einem Grinsen. »Hat er jedenfalls gesagt.«

Rüdi blickte auf. »Echt? Die beiden sind ein Paar? Na, das wird ja immer besser. Vielleicht können wir ja was inszenieren. Gemeinsamer Selbstmord im Wald. Blutige Tragödie vor Weihnachten.« Er lachte humorlos auf. »Dann wären wir sie wenigstens los.«

Christoph sah, wie Leonie zusammenzuckte, dann schaute sie ihn mit leeren Augen an. Sie ist wunderschön, dachte er, aber sie hat kein Glück gehabt in ihrem Leben, irgendetwas ist immer schiefgelaufen, mit ihrem Laden, ihrem Freund und wahrscheinlich auch mit dem kleinen Kind auf dem Foto. Er glaubte, ihr einen Hauch von Zuversicht schicken zu müssen. Also lächelte er sie an, dann sagte er laut: »Leonie ist wirklich eine schöne Frau, aber ich habe nichts mit ihr. Hören Sie auf, solch einen Unsinn zu erzählen. – Am besten lassen Sie uns laufen. Dann legen wir bei der Polizei ein gutes Wort für Sie ein.«

Der Größere warf überrascht seinen Kopf herum und

starrte ihn an, dann lachte er, doch er verstummte sofort wieder, als er bemerkte, dass Rüdi wütend auf Christoph zuschritt.

»Halt's Maul«, zischte Rüdi. »Oder wir lassen dich hier im Wald erfrieren. Passiert schneller, als man denkt.«

Christoph zuckte zusammen, dann setzte er sich auf einen vermoosten Stein, den das Feuer einigermaßen erwärmt hatte. Es war unklug, die beiden Männer zu provozieren, erkannte er. Auch Leonie warf ihm einen flehenden Blick zu. Er nickte, dann bemerkte er das Werkzeug, das die Männer in einiger Entfernung abgelegt hatten. Zwei Spaten, ein Schweißgerät sowie weitere Planen. Aber er konnte sich keinen Reim darauf machen. Wo war Sonja – und warum schienen die beiden Männer hier zu warten?

Es muss noch einen dritten Mann geben, fiel ihm ein, und dieser Dritte war mit Sonja unterwegs. Und wenn Mark diesem Dritten in die Hände fiel … Er wollte den Gedanken lieber nicht zu Ende denken.

19

Für einen Moment schlug die Erschöpfung wie eine Welle über ihm zusammen. Er hockte auf dem Stein, beugte sich vor und schloss die Augen. Bilder überfluteten ihn. Er sah Anna vor sich, wie sie mit einem Eimer Farbe auf das alte Haus zulief, um gleich in der Küche weiterzuarbeiten. Er liebte es, sie so zu betrachten; sie drückte ihre Knie nie ganz durch beim Gehen, so dass es immer wirkte, als würde sie wippend durch das Leben laufen. Ich habe ihr nie alles gesagt, dachte er plötzlich, nie gesagt, was sie für mich war.

Als er den Blick hob, meinte er, Mark in dem Dickicht hinter Leonie zu sehen, aber nein, er war müde und erschöpft, das musste eine Sinnestäuschung sein. Leonie starrte ihn mit regloser Miene an, dann wandte sie den Kopf, als lausche sie.

Im nächsten Moment hörte er es auch. Ein Schwein grunzte. Sonja – das Drogenschwein näherte sich der Lichtung.

Rüdi drehte sich ebenfalls um. Dann blickte er auf die Uhr. »Wird auch Zeit«, sagte er. »Max wird begeistert sein, dass wir Besuch bekommen haben.«

Der Größere nickte.

Einen Moment später erschien Sonja auf der Lichtung. Sie hatte ein Seil um den Kopf, ganz wie ein Hund, der Gassi geführt wurde. Einen Moment lang zögerte das Schwein, dann starrte es Christoph an und grunzte, fast, als würde es ihn wiedererkennen.

Ein Mann, der einen olivgrünen Parka trug, hielt das Seil und blickte zu Rüdi zum Feuer.

»Ich hab's noch mal kontrolliert, dieselbe Stelle wie eben, als Leonie die Sau geführt hat«, sagte er und grinste. »Sonja hat an derselben Stelle gescharrt… Bingo! Wir können also loslegen.« Der Mann hielt plötzlich inne. Er hatte etwas in Rüdis Gesicht gelesen, das ihn irritierte. Mit einer hastigen Bewegung drehte er sich zu Christoph um. Sein Gesicht verdunkelte sich. »Wo kommt der Kerl her? Was soll das?«

Rüdi schritt auf ihn zu. »Ole hat ihn aufgetan, als er kurz zum Wagen zurück…«

»Hat der Albaner ihn geschickt?«, unterbrach ihn der Mann, der offenkundig Max hieß.

»Der Albaner?« Rüdi wischte sich über das Gesicht. Es war leicht zu sehen, dass ihm dieser Gedanke bisher nicht gekommen war. »Nein, auf keinen Fall. Er wohnt in dem alten Haus am Waldrand, da, wo wir das Schwein gefunden haben. Ole glaubt, dass er was mit… mit der Kleinen hat.«

Max band Sonja um eine Tanne. Interessiert schnüffelte die Sau den Boden ab.

»Stimmt das?« Max ging auf Leonie zu.

Sie funkelte ihn an, dann spuckte sie aus und zischte. »Scheißkerl!«

Christoph brauchte eine Sekunde, um diese Szene zu verstehen. Eine sehr intime Feindseligkeit lag in diesem Moment, so, als würde Leonie Max kennen, dann fiel ihm ein, dass sie beiläufig ihren Freund erwähnt hatte. Max… dieser Mann hatte auch Max geheißen.

Max mochte ungefähr dreißig sein, er hatte kurzes, gelocktes schwarzes Haar und unmoderne Koteletten; nicht unattraktiv, kein unsympathischer Typ.

»Leonie«, sagte er und beugte sich über sie. »Ich habe dir schon gesagt, dass das alles nichts mit uns zu tun hat. Frank ist mein Bruder, und wenn wir die Drogen nicht finden, kriegt er richtig Ärger. Die Albaner haben sogar im Knast ihre Leute, die Schulden eintreiben.«

Leonie wandte den Kopf und spuckte wieder aus. »Ich glaube nicht, dass Sonja noch irgendwelche Drogen finden kann«, sagte sie leiser. »Sie scharrt manchmal gern in der Erde, das ist alles.«

»Sonja ist meine einzige Chance«, erwiderte Max. »Wenn du sie freiwillig herausgerückt hättest, hätten wir jetzt keinen Stress.« Er blickte sich suchend um und bückte sich dann nach einem Stück Seil. »Wer ist der Typ?«, fragte er versöhnlicher. »Kennst du ihn?«

Leonie nickte. »Er ist harmlos.«

»Und warum ist er hier?« Max warf Rüdi ein Stück Seil zu, das der dann unschlüssig in der Hand hielt.

»Hat wohl einen kleinen Waldspaziergang gemacht«, entgegnete Leonie spöttisch.

Max nickte, einen Moment später raunte er Rüdi zu: »Na, mach schon – fessele den Kerl, und danach fangt ihr beide abwechselnd an zu graben. Ich zeige euch die Stelle.«

Rüdi blickte erneut das Seil an, dann ging er mit scheinbarer Entschlossenheit im Blick auf Christoph zu und packte grob dessen Beine, um sie mit dem Seil zu umwickeln.

»Wir müssen dich leider auch fesseln«, erklärte Max sanft und postierte sich hinter Leonie, um ihre Hände auf den Rücken ziehen zu können. »Nur zur Sicherheit. Ich will nicht, dass du eine Dummheit begehst.«

»Wenn du wirklich etwas findest, Max – was tust du dann?«, fragte sie. »Jetzt ist noch ein Zeuge da. Was machst du mit ihm?«

»Ich will nur meinen Bruder retten«, erwiderte Max, aber er wirkte keineswegs überzeugt von dem, was er sagte. »Um den Mann sollen sich die Albaner kümmern.«

»Und um mich?«

»Um dich auch«, erklärte er ungerührt. »Du bist… wir sind nicht mehr zusammen. Und die Albaner… Sie werden dich laufen lassen, wenn du versprichst, keinen Ärger zu machen. Sie wollen nur den Stoff, ehrlich.« Für einen Moment verdüsterte sich seine Miene, als würde er seine Worte selbst nicht glauben.

Leonie nickte und starrte finster vor sich hin. Christoph bemerkte, dass sie sich am liebsten umgedreht hätte, um ihrem Exfreund ihren Hass ins Gesicht zu speien.

»Wir hatten ein Kind zusammen«, sagte sie so leise,

dass Christoph es kaum verstehen konnte. »Es hätte alles nicht so weit kommen müssen, wenn wir mehr geredet …«

Max erwiderte nichts, sondern packte ihre Beine und begann auch sie mit einem Seil zu umwickeln.

»Blut ist dicker als Wasser«, sprach er mehr zu sich als zu ihr, als sei das eine Erklärung.

Hatte er damit seinen Bruder gemeint, der offenbar im Gefängnis saß und vorher irgendwelchen skrupellosen Leuten Drogen gestohlen hatte? Christoph beobachtete die beiden weiter, während Rüdi auch ihm die Arme auf den Rücken zwang, um sie zu fesseln. Leonie blickte nur noch reglos vor sich hin – auch als Max von ihr abließ und einen Spaten aufnahm, um ihn prüfend zu betrachten. Dann wandte er sich dem Schweißgerät zu.

»Der Boden ist gefroren. Wir müssen da erst ein wenig vorglühen.« Er lachte lauthals, als habe er einen guten Witz gemacht, doch er verstummte sofort, als er Leonies Blick spürte.

»Du bist ein Scheißkerl!«, rief sie ihm zu. »Was glaubst du, was dieser Albaner mit uns macht? Und mit euch Schwachköpfen?«, fügte sie voller bitterem Hohn hinzu. »Sie lassen uns nicht laufen und euch auch nicht.«

Christoph bemerkte, wie Rüdi und Ole kurz erstarrten. Die beiden hatten offenbar noch gar nicht richtig begriffen, worauf sie sich eingelassen hatten. War der Albaner irgendein Mafiaboss, dem sie Drogen geklaut hatten? Vermutlich.

»Rüdi, du bleibst hier und passt auf die beiden auf«, sagte Max. »Ich zeige Ole die Stelle. Wenn wir Glück haben, sind wir in einer halben Stunde fertig und können abhauen.« Er packte Ole am Arm und zog ihn mit.

»Idiot!«, rief Leonie Max noch einmal nach, als er in der Dunkelheit verschwand. Sonja grunzte kurz auf, als müsse sie sich dieser Beschimpfung anschließen. Dann warf sie ihren Kopf hin und her und versuchte vergeblich, ihre Leine abzuschütteln.

»Wenn du nicht still bist, stopfe ich dir das Maul«, sagte Rüdi. Er hockte am Feuer. Ihm war anzuhören, wie nervös er war. Aus der Richtung, in der Ole und Max verschwunden waren, vernahm man einen Fluch, kurz danach splitterte Holz.

Dann trat bis auf das Knistern des Feuers Stille ein. Sonja hatte sich wie ein geprügelter Hund zu Boden gekauert und schaute Leonie an.

Christoph versuchte seine Hände in den Fesseln zu bewegen. Er spürte, wie sich ein Gefühl der Taubheit in ihnen ausbreitete. Er hatte bei den Männern keine Waffen gesehen. Vielleicht besaßen sie gar keine. Auf jeden Fall hatte er den Moment verpasst zu fliehen. Wo mochte Mark nur sein? Irrte er allein durch den Wald? Oder wartete er vielleicht an dem SUV, bis jemand zu dem Wagen zurückkehrte? Nein, so dumm würde er nicht sein. Er rechnete ja damit, dass den Männern der Wagen gehörte. Mark ist klug, sehr klug für einen Achtjährigen, redete Christoph sich ein, um sich zu beruhigen. Was also würde er tun?

Leonie hatte ihre Beine angezogen. Ihr Kopf lag auf den Knien. Plötzlich, als habe sie ein Geräusch vernommen, blickte sie auf und schaute Christoph an. »Tut mir leid, dass ich so abweisend zu dir war«, sagte sie. »Du bist nett und dein …« Im letzten Moment verkniff sie sich, Mark zu erwähnen. »Leider habe ich dich nun auch in Schwierigkeiten gebracht. Max ist wirklich ein Idiot. Sein verdammter Bruder …«

»Sei besser still«, zischte Rüdi ihr zu. Er zog ein Stück Holz aus dem Feuer und hielt es ihr drohend entgegen.

Leonie lachte abfällig. »Ihr werdet keine Drogen finden, und dann? Was macht ihr dann?«

Rüdi schwieg, schleuderte jedoch voller Wut das brennende Holz in ihre Richtung, allerdings ohne sie zu treffen.

Christoph fixierte Leonie, um ihren Blick auf sich zu ziehen. Es ist nicht gut, wenn du ihn wütend machst, wollte er ihr sagen, das wird uns auch nicht weiterbringen.

Völlig unvermittelt lachte Leonie auf.

»Du«, sagte sie, »weißt du, worauf du sitzt?« Sie lächelte. »Du hockst auf einem Gedenkstein für einen Toten. Irgendwie passend, oder nicht? Hier hat sich dieser Schriftsteller aus deinem Haus vor etlichen Jahren erschossen. Liebeskummer, erzählen die Leute im Dorf sich heute noch.«

20

»Troller? Hans Troller hat sich hier erschossen?« Christoph versuchte auf die Beine zu kommen, aber gefesselt, wie er war, war es ein vergebliches Unterfangen. Er rutschte lediglich nach vorn und blickte hinter sich, um eine Inschrift auf dem Stein zu entdecken.

»Der Schriftsteller war in eine Opernsängerin verliebt. Er ist kurz vor Weihnachten in den Wald gegangen, hat einen Plattenspieler aufgebaut, eine Platte dieser Sängerin aufgelegt und hat sich erschossen, während sie eine Arie gesungen hat. Richtig melodramatisch.« Leonie schaute ihn an. »Hier in der Gegend passieren eine Menge Tragödien – glaubt man gar nicht.«

Rüdi bewegte sich vom Feuer fort und schritt auf sie zu. Er hob eine Faust. »Deine Geschichten interessieren hier niemanden«, raunte er ihr zu. »Halt endlich den Mund!«

»Doch«, erwiderte Leonie und hob den Kopf. Wind fuhr durch ihr blondes Haar. Auf einmal schien sie keine Angst mehr zu haben. »Doch, meine Geschichten interessieren Christoph, nicht wahr?«

Christoph hatte unter sich den Namen ausgemacht. Hans Troller, stand tatsächlich da. Dazu zwei Jahreszahlen, die so verwittert waren, dass er sie nicht genau lesen konnte. 192... – 19... Wer hatte hier einen Gedenkstein aufstellen lassen? Hatte Anna davon gewusst? Plötzlich sah er den dünnen, ausgemergelten Mann mit den düsteren Augen vor sich, wie er durch den Wald lief, genau zu dieser Stelle, und eine Pistole in der Hand hielt... Er erschauderte.

»Wer ist eigentlich der Albaner?«, fragte Leonie. Sie beugte sich vor, als wolle sie aufstehen, aber dann sackte sie auf ihre Plane zurück. »Was passiert, wenn ihr keine Drogen findet? Wird er euch dann eine Kugel in den Kopf schießen? Einem nach dem anderen?«

Rüdi sprang förmlich auf sie zu und versetzte ihr einen Schlag, der jedoch ins Leere ging, weil Leonie blitzschnell den Kopf herumgerissen hatte.

Christoph zuckte zusammen und stöhnte auf. Was sollte das? Warum provozierte sie ihn so? Glaubte sie, dass sie jemanden anlocken konnte?

»Ich stopfe dir gleich dein Maul!«, schrie Rüdi sie an. »Verdammte Schlampe!«

Doch Leonie ließ sich nicht einschüchtern. »Ich weiß wirklich nicht, warum ihr euch mit Max eingelassen habt... Ich kenne ihn. Er ist ein absoluter Verlierer. Alles, was er anfasst, geht schief, richtig schief.«

Sonja grunzte auf, senkte aber einen Moment später wieder den Kopf. Die Angelegenheiten der Menschen schienen sie nicht mehr sonderlich zu interessieren.

Christoph hatte das Gefühl, etwas tun zu müssen, damit Leonie sich nicht um Kopf und Kragen redete, aber was? Er versuchte seine Gedanken zu sammeln.

»Vielleicht hat Sonja die Drogen ja gefunden«, sagte er. »Du hast sie hier herumgeführt, nicht wahr?« Seine Stimme war viel zu schwach und zitterte. Trotzdem hatten die beiden anderen sie vernommen. Rüdi wandte sich um und sah ihn fast dankbar an. Doch Leonie lachte nur höhnisch.

»Es ist egal, wer sie herumführt. Sonja hat seit zwei Jahren nicht mehr trainiert – da friert eher die Hölle zu, als dass sie bei dieser Witterung …« Sie verstummte abrupt, weil sich offenkundig jemand näherte.

Ole trat aus der Dunkelheit auf die Lichtung. Er trug die Schaufel, die nun völlig verdreckt war, und das Schweißgerät. Sein Haar klebte ihm an der Stirn, er wirkte abgehetzt und machte ein mürrisches Gesicht.

Fehlanzeige, dachte Christoph, sie haben bisher nichts gefunden. Dann jedoch tauchte Max auf. Wie Trophäen reckte er zwei schwarze Plastikbeutel in die Höhe.

»Hossa!«, rief er. »Das Schwein hat es echt drauf.« Er blickte sich zu Sonja um und deutete einen Kuss an, was das Schwein mit einem matten Grunzen quittierte. »Bist eine kluge Sau.« Dann warf er die beiden Beutel auf den Boden vor sich. »Wir sind gerettet. Das sind acht Kilo reines Heroin. Da muss man fast eine Million für auf den Tisch legen.«

Ole schleuderte die Schaufel und das Schweißgerät hinter sich.

»War eine Schweinearbeit«, grummelte er.

Rüdi starrte die Drogen ungläubig an.

»Was ist mit dem Albaner?«, fragte er. »Übergeben wir ihm die Drogen?«

Max nickte. Er warf Leonie einen triumphierenden Blick zu. Hatte er mitbekommen, dass sie ihn einen absoluten Verlierer genannt hatte?

»Ich hab's Frank versprochen«, sagte er. »Kriegt er die Drogen, wird der Albaner alles tun, damit Frank freikommt. So ist der Deal. Das heißt, er bezahlt den besten Anwalt und schmiert ein paar Leute, damit sie …«

Leonie schnaubte abfällig, und Ole, der sich umgedreht hatte, als wolle er im Halbdunkel pinkeln, knurrte: »Eigentlich ist mir Frank scheißegal.«

»Und was machen wir mit den beiden?«, fragte Rüdi und deutete auf Christoph und Leonie.

Max lächelte. »Also, die Nacht über bleiben sie hier. Ist ja schön warm am Feuer, und morgen werde ich dem Albaner sagen, dass sie harmlos sind, dass jemand kommen soll, um sie loszubinden. Die beiden wissen ja nichts. Nur dass wir hier ein wenig gebuddelt haben. Leonie, du wirst uns doch keinen Ärger machen, oder?« Er warf ihr einen fast flehenden Blick zu.

Sie sagte kein Wort, sondern schnaubte erneut und stierte vor sich hin.

Sonja sprang plötzlich auf die Beine und hob ihren Rüssel in den Wind, als habe sie etwas gewittert, und Ole – er hielt auf einmal eine schwarze Pistole in der Hand, die bedrohlich echt aussah, wie Christoph fand. Die beiden Männer waren also doch bewaffnet gewesen.

»Ich bin eigentlich für ein anderes Geschäft«, sagte

Ole und fixierte Max. »Du übergibst uns die Drogen und erklärst dem Albaner, dass wir nichts gefunden haben. Frank hat einfach Mist gebaut, hat die Drogen irgendwo vergraben, ohne eine Ahnung zu haben, wo. Kann er dem Albaner ja im Knast erklären.« Er spuckte aus und hielt weiter die Pistole auf Max gerichtet.

Max lachte und wischte sich über das Gesicht. »Das ist ein blöder Scherz«, sagte er, jedoch ein wenig unsicher.

»Nichts da«, erwiderte Ole tonlos, »kein Scherz. Das Heroin nehmen Rüdi und ich mit. Nicht wahr, Rüdi?« Er wandte kurz den Kopf zu seinem Kompagnon.

Rüdi jedoch starrte vor sich hin, als müsse er über dieses Angebot noch nachdenken. Dabei hatte Christoph ihn eigentlich für den klügeren der beiden gehalten.

»Gratulation! Ihr seid echte Scheißkerle!«, rief Leonie voller Hohn. »Beklaut euch gegenseitig.«

Sonja ruckte den Kopf herum, als wäre ihr ein besonderer Geruch in den Rüssel gestiegen, dabei gab sie merkwürdig leise, quiekende Geräusche von sich.

»Was ist, Rüdi?«, fragte Ole. »Machst du nun mit?«

»Ihr habt Frank was versprochen«, sagte Max im Tonfall eines Bittstellers. »Er war euer Freund – ein wirklich guter Freund.«

»Mein Freund war er nie«, gab Ole zurück und wedelte mit der Pistole in seiner Hand. »Ich habe mit ihm Billard gespielt und ihm dann und wann ein Auto organisiert, aber eigentlich fand ich immer, dass er nur ein Schwätzer ist, der keine richtigen Geschäfte machen kann.«

Christoph spürte, wie er seine Muskeln anspannte. Die Arme taten ihm weh, weil sie kaum noch durchblutet wurden. Für einen Moment dachte er wieder an Mark. Was mochte nur mit ihm geschehen sein? Aber die Angst um seinen Sohn trat sofort wieder in den Hintergrund, als Ole sich bückte, um einen der beiden Beutel an sich zu nehmen, und sich Max gleichzeitig auf ihn zubewegte. Ruckartig riss Ole die Pistole hoch. »Noch einen Schritt, und du hast eine Kugel im Bauch!«

Max verharrte. Im Feuerschein war zu sehen, dass ihm Schweißperlen auf die Stirn getreten waren. »Du bist verrückt«, hauchte er. »Was willst du mit acht Kilogramm Heroin?«

Sonja grunzte nun, als hätte sie Schmerzen. Ihre braunen Augen fixierten irgendeinen Punkt im Wald. So kräftig zog sie an ihrem Strick, dass sich die Tanne, an der sie festgebunden war, bedenklich senkte.

»Aus acht Kilo Heroin kann man eine Million Euro machen«, erklärte Ole ruhig. »Hast du eben selbst gesagt.«

Max lachte. »Klar, willst du dich irgendwo auf einen Wochenmarkt stellen und frisches Heroin anbieten? Dafür braucht man Verbindungen, wie der Albaner sie hat.«

Christoph glaubte rechts hinter sich eine Bewegung auszumachen, aber er konnte sich auch getäuscht haben. Mittlerweile pumpte sein Herz so sehr, dass er fürchtete, ihm könnten in der nächsten Sekunde die Sinne schwinden, doch auch Leonie starrte auf einen Punkt in der Dunkelheit, als habe sie etwas wahrgenommen.

Rüdi war nun endlich aus seiner Starre erwacht.

»Ich glaube, Max hat recht«, sagte er. »Das mit den Drogen ist keine gute Idee, und dieser Albaner …« Er brach ab, weil er beobachtete, wie Ole nun auch versuchte, den zweiten Beutel aufzunehmen, doch dabei musste er die Waffe kurz ablegen. Max schien auf diesen Augenblick gewartet zu haben. Er machte einen Satz nach vorn und holte mit dem rechten Fuß aus, als wolle er Ole einen Tritt gegen den Schädel versetzen.

Ole zuckte herum, und plötzlich hatte er die Pistole wieder in der Hand. Ein Schuss dröhnte über die Lichtung, Max schrie auf und stürzte, und einen Herzschlag später stürmten drei oder vier, nein, fünf düstere Wesen mit dumpfem Getöse aus dem Dickicht, als hätten sie dort schon eine Weile gehockt und abgewartet, wann sie endlich losschlagen konnten.

21

Christoph musste sich eingestehen, dass er noch nie in seinem Leben so viel Angst gehabt hatte. Er machte sich auf seinem Stein ganz klein und konnte kaum noch atmen. Leonie schrie auf und rollte sich zusammen, um sich irgendwie zu schützen. Max wälzte sich vor Schmerzen auf dem Boden, und auch Ole war unter dem Angriff zu Boden gegangen. Allein Rüdi blieb aufrecht stehen und versuchte, sich mit Händen und Füßen zu wehren.

Fünf Wildschweine waren aus dem Unterholz gebrochen und stürmten mit gefährlich gesenkten Köpfen über die Lichtung, als wollten sie die Menschen aus ihrem Wald vertreiben. Wild grunzend stoben sie um Sonja herum, die ihnen laut quiekend antwortete und an ihrem Strick zerrte.

»Was tun diese Bestien hier?«, schrie Ole voller Panik. »Erschießt sie!«

Christoph nahm in dem Tumult kaum mehr als verwischte Schemen im Feuerschein wahr. Max schrie wieder auf, weil ein Wildschwein über ihn hinweggefegt war. Rüdi hatte in dem Durcheinander den Spaten zu fassen bekommen, mit dem er jetzt heftig um sich schlug, doch damit machte er die Rotte noch wütender. Ein Tier attackierte ihn so heftig, dass er stürzte. Ein anderes Wildschwein machte sich über Leonie her, die immer lauter um Hilfe schrie. Ole gelang es, schwankend auf die Beine zu kommen. Mit einem an einem Ende brennenden Holzstück mühte er sich ab, sich der Schweine zu erwehren.

Dann erklang ein zweiter Schuss. Max, der immer noch am Boden lag, hatte die Pistole in der Hand und fuchtelte mit ihr herum. Die Schweine begannen regelrecht zu knurren, als seien sie wilde Dämonenwesen, und dann … dann preschte Sonja plötzlich davon. Ihr Strick war gerissen, sie rannte quiekend an dem Feuer vorbei in den dunklen Wald.

Die anderen Schweine folgten ihr nach und nach. Eine grimmig aussehende Bache, das mächtigste Tier der Rotte, verließ mit einem lauten Grunzer als Letzte das Schlachtfeld. Max hatte sich auf die Knie hochgekämpft, er legte die Pistole an und zielte.

»Nicht!«, schrie Christoph. »Nicht schießen!«

Ein Schuss krachte, doch nichts geschah. Max hatte das Tier nicht erwischt. Müde sank er zu Boden, und für einen Moment hörte Christoph nur noch, wie die Tiere im Dickicht verschwanden, bevor eine seltsame Stille eintrat, in der keiner ein Wort sagte, sondern sich vergewissern musste, ob es wahr war, was sie soeben auf der Lichtung miterlebt hatten.

»Verdammt!« Ole stand auf einmal breitbeinig neben dem Feuer und hob einen der schwarzen Beutel in die Höhe. Das Plastik war zerfetzt und der Beutel leer. Die

Schweine waren über das Heroin galoppiert. Mit Entsetzen in den Augen sah er sich nach dem zweiten Beutel um.

»Das kann nicht sein!«, schrie er. »Diese verdammten Schweine – wo kamen die her?«

Christoph warf Leonie einen Blick zu. Wie hatte sie die Schweineattacke überstanden? Sie hatte eine blutige Schramme am Kopf, ansonsten schien sie aber unversehrt zu sein. Beinahe mitleidsvoll blickte sie Max an. Ihr Exfreund hielt sich laut jammernd das Bein. Blut hatte seine Jeans durchtränkt. Das konnte nicht von den Schweinen stammen, begriff Christoph. Der erste Schuss, den Ole abgegeben und der die Schweine in Aufregung versetzt hatte, musste ihn ins Bein getroffen haben.

»Max braucht einen Arzt!«, rief Leonie. »Kann einer von euch Scheißkerlen einen Arzt holen?«

Doch niemand beachtete sie. Rüdi stand am Feuer und sah sich voller Verwirrung um, als erwartete er, dass die Wildschweine jeden Augenblick zurückkehrten. Dann schüttelte er den Kopf und schien Ole zu suchen, als sei er der Einzige, der ihm hier noch Schutz und Hilfe bieten konnte.

Sein Kompagnon jedoch kroch über den aufgewühlten Boden, ohne darauf zu achten, dass er sich von oben bis unten schmutzig machte.

»Das kann nicht sein«, murmelte er vor sich hin. Er hatte den zweiten, ebenfalls aufgeplatzten Beutel gefunden und versuchte nun, Reste des Heroins zusammenzukratzen und wieder in den Plastiksack zu füllen. »Das kann doch gar nicht sein. Eine Million Euro – einfach so weg!«

»Kann einer mein Bein abbinden?«, rief Max. »Scheiße, ich blute wie ein Schwein.«

»Ich bin gefesselt«, entgegnete Leonie aufgeregt. »Kannst du mir die Fesseln abnehmen?«

»Lass den Unsinn!« Rüdi war aus seiner Starre erwacht. Er packte Ole an den Schultern. »Es hat keinen Sinn. Das Heroin … Verflucht, wir müssen hier weg! Abhauen – sofort!« Er zerrte heftiger an Oles Schultern, der ihn jedoch mit einem unwirschen Fluch abwehrte und immer noch versuchte, das weiße Pulver irgendwie einzusammeln.

Christoph spürte, dass ihm der Schweiß ausgebrochen war, sich sein Herzschlag jedoch wieder beruhigt hatte. Auf Trollers Gedenkstein war er außerhalb der Kampfzone geblieben. Hatte der Schuss, den Ole abgegeben hatte, die Schweine so in Panik versetzt, dass sie schier außer Rand und Band geraten waren? Oder hatten sie Sonja befreien wollen? Nein, Schweine mochten intelligent sein, aber warum sollten fünf Wildschweine ein altes, rosiges Hausschwein befreien? So etwas konnte es unter Tieren nicht geben.

Rüdi hatte es geschafft, Ole auf die Beine zu ziehen. Noch immer hielt er den zerfetzten Beutel in der Hand.

Max richtete die Waffe auf ihn. »Ihr könnt nicht einfach so abhauen!«, schrie er. »Ich brauche einen Arzt.«

»Scheiß auf den Arzt!« Ole schritt ohne jede Angst auf ihn zu und trat ihm mit einer schnellen Bewegung die Pistole aus der Hand, die in einem weiten Bogen über das Feuer flog. »Du bist schuld. Die Sache mit dem Schwein war deine Idee. Wir hätten uns gar nicht darauf einlassen dürfen.«

Max hockte am Boden und hielt sein verletztes Bein. »Ich verblute!«, schrie er. »Ihr steht da rum, und ich verblute.«

»Wenn mir einer die Fesseln abnimmt …« Christoph versuchte ruhig zu bleiben. »Dann könnte ich mich um die Wunde kümmern.«

Statt zu antworten, warf ihm Ole einen verächtlichen Blick zu. »Soll er doch verbluten«, knurrte er dann. »Wir verschwinden.«

Dann, Christoph glaubte seinen Augen nicht zu trauen, geschah etwas anderes: Ein weißer Luftballon, auf den ein Weihnachtsmann mit roten Backen gemalt war, schwebte auf die Lichtung. Er tanzte einmal um sich selbst, geriet ins Trudeln, wurde erst vom Feuer angezogen, dann gleich wieder abgestoßen. Auch die anderen hatten den Luftballon entdeckt, der aus dem Nichts aufgetaucht war, und verharrten überrascht.

Kaum hatte der Luftballon so an Höhe gewonnen, dass er kaum noch zu sehen war, wehte ein zweiter heran; ebenfalls weiß mit einem roten Weihnachtsmann, der alle, die ihn anstarrten, fröhlich anzulächeln schien.

»Wo kommen die Dinger her?«, knurrte Ole, ohne dass er sich rührte.

Der Luftballon tanzte zum Feuer und zerplatzte dann mit einem lauten Knall, der alle zusammenzucken ließ.

Doch schon kam ein dritter Ballon heran. Der Weihnachtsmann starrte sie an, als wolle er sie mit seiner aufdringlichen Fröhlichkeit hypnotisieren.

»Kinderkram!«, hauchte Rüdi, doch es hörte sich nicht so an, als würde er das Ganze für ein harmloses Spiel halten.

Ein Schatten betrat die Lichtung, genau aus der Richtung, aus der sie gekommen waren. In der einen Hand hielt er ein Gewehr, das ihm einen zweiten Schatten hinzufügte. Mit der anderen Hand versetzte er einem weiteren Ballon einen Stoß.

Der Luftballon segelte näher, als sei er ein gefährlicher Vogel, der sich gleich auf einen von ihnen stürzen würde. Selbst der große, vor Minuten noch so selbstbewusst wirkende Ole zog den Kopf ein und ließ den Ballon an sich vorbeitreiben.

Alle verfolgten sie den Flug des Ballons. Rüdi blickte ihm nach, Max hatte aufgehört zu jammern, und Leonie war auf ihrer Plane zur Salzsäule erstarrt.

Ein seltsames Bild, dachte Christoph. Auch er war ganz auf den Luftballon fixiert und bemerkte lediglich aus den Augenwinkeln, dass die Gestalt sich näherte. Sie hatte tatsächlich eine längliche Waffe in der Hand und ging leicht gebeugt, und hinter ihr, ein paar Schritte zurück, befand sich ein weiterer Schatten, der kleiner wirkte, unschärfer, zaghafter.

Auch der vierte Luftballon zerplatzte über dem Feuer, und mit dem Knall erwachten sie alle aus ihrer Starre.

Der Mann mit dem Gewehr hatte sich bis auf zehn Schritte dem Feuer genähert.

Christoph spürte, wie er unwillkürlich lächelte, und gleichzeitig das Gefühl hatte, er träume. Das konnte alles nicht sein. Luftballons mit Weihnachtsmännern und zwei Gestalten auf der Lichtung.

Der Mann brachte die Waffe in Anschlag und nahm erst Ole, dann Rüdi ins Visier.

»Wer sind Sie?«, krächzte Ole. Er stand mit offenem Mund und zerzausten, schmutzigen Haaren da und wirkte plötzlich wie ein viel zu großes, verwirrtes Kind, dem tatsächlich der Weihnachtsmann begegnete.

»Ich bin der Albaner«, sagte der alte Windhorst, dann begann er heiser zu lachen.

22

»Der Albaner?«, hauchte Ole. Er knickte in den Knien ein wenig ein, als würde er gleich zu Boden gehen, dann blickte er sich panisch um. Er suchte die Pistole, doch die Waffe lag, unerreichbar für ihn, jenseits des Feuers.

Christoph spürte, wie er den Atem anhielt. Der alte Windhorst war der Albaner? Ein Drogenboss? Aber das konnte doch nicht sein!

Max hob wieder sein Knie in die Höhe. »Ich brauche einen Arzt«, krächzte er. »Dieser Kerl hat auf mich geschossen.« Vorwurfsvoll deutete er mit dem Kopf auf Ole.

Der alte Windhorst kam langsam näher. Er trug Gummistiefel und einen langen Fellmantel und sah aus wie einer der Trapper, die in amerikanischen Spielfilmen durch eine weite Winterlandschaft zogen und sich von wilden Tieren ernährten. Seine Miene wirkte ernst, und doch glaubte Christoph, ein Funkeln der Belustigung in seinen Augen zu erkennen. Kurz blickte er sich über die Schulter um und schien seinem Begleiter ein Zeichen zu geben, sich noch nicht zu nähern.

Mark, dachte Christoph, der Alte hat tatsächlich Mark bei sich. Erleichterung durchströmte ihn, und zugleich begann ihn Scham zu erfüllen. Gefesselt und gedemütigt hatte er auf einem Gedenkstein gehockt, während sein Sohn Hilfe geholt hatte.

»Sie«, sagte der alte Windhorst jetzt und wies mit dem Lauf seiner Waffe auf Rüdi, »gehen Sie zu dem Mann und binden Sie ihn los!« Dann bedachte er Christoph mit einem Lächeln, als habe er dessen Gedanken erraten.

»Der Albaner«, hauchte Ole, »der Albaner ist kein alter Mann, oder doch?« Er drehte sich zu Max um, während Rüdi sich vorsichtig, den Blick auf den alten Windhorst gerichtet, auf Christoph zubewegte.

»Verdammt, warum hilft mir keiner?« Max wurde immer panischer. Rüdis Frage hatte er nicht beachtet. Er hob seine blutigen Hände in die Höhe, doch als niemand reagierte, umfasste er wieder sein Bein, um den Blutfluss zu mindern.

Christoph versuchte, die kleinere Gestalt zu fixieren, die sich nicht näherte. War es gar nicht Mark? Mit wem mochte der alte Windhorst sonst durch den Wald gelaufen sein? Rüdi trat hinter ihn und begann, an dem Seil herumzugreifen. Christoph spürte, dass Rüdis Hände zitterten und dass er gleichzeitig überlegte, ob er die Gelegenheit zur Flucht ergreifen sollte.

»Mach ein bisschen schneller!« Der alte Windhorst hatte offenbar alles im Blick. »Und dann zurück ans Feuer!«

Rüdi rief: »Bin gleich so weit!« Er brauchte noch lange dreißig Sekunden, bis er Christophs Hände befreit hatte.

Leonie hatte die ganze Zeit nichts gesagt, sie kauerte

auf ihrer Plane. Aus der Schramme am Kopf tropfte Blut, doch auch sie schien herausfinden zu wollen, wer die zweite Gestalt hinter Windhorst war.

»Ans Feuer, damit ich dich sehen kann!« Der alte Windhorst dirigierte Rüdi zurück, während Christoph seine Füße von den Fesseln befreite.

»Sie sind wirklich der Albaner?« Ole hob seine schmutzigen Hände. »Wir können Ihnen alles erklären… wir haben die Drogen ausgegraben, um sie Ihnen zurückzugeben, doch dann sind auf einmal Wildschweine über uns hergefallen…«

»Sei still!«, sagte der alte Windhorst. Mit einem sanften Blick wies er Christoph an, nun Leonie zu befreien. Keine Sorge, sagten seine Augen, ich habe die Sache unter Kontrolle.

»Verdammt«, sagte Ole und schaute Max an. »Weißt du Trottel nicht mal, wie der Albaner aussieht?«

Max antwortete nicht. Seine Hose war voller Blut, selbst unter ihm, auf dem matschigen Boden war alles blutig, erkannte Christoph, als er an ihm vorbeiging.

Leonie beugte sich vor und flüsterte: »Was treibt der alte Windhorst da? Was hat das zu bedeuten?«

Christoph schüttelte stumm den Kopf und machte sich daran, das Seil, das um ihre Handgelenke geschlungen war, zu lösen.

»Ich schlage vor, dass ihr euch alle am Feuer aufstellt«, erklärte der alte Windhorst. »Damit mir keiner verloren geht.« Er war noch ein wenig näher gekommen. Sein Blick suchte unauffällig den Boden ab. Er wusste also, dass irgendwo eine Pistole liegen musste. Offenbar hatte er sie schon eine geraume Zeit lang beobachtet und belauscht.

»Und dann?«, fragte Ole provozierend. Auch er sah sich nach der Waffe um. Er hatte noch nicht aufgegeben.

»Und dann warten wir aufs Christkind«, erwiderte der alte Windhorst.

Christoph hatte Leonies Fesseln gelöst. Rasch beugte sie sich vor und versuchte, auch ihre Beine freizubekommen.

»Sie sind nicht der Albaner!«, rief Ole und bewegte sich um das Feuer herum. »Der Albaner würde niemals allein hier auftauchen. Sie sind nur ein alter Mann, der sich hier wichtigtut. Wohnen Sie nicht sogar im Dorf? Ja, da habe ich Sie schon mal gesehen.«

Der alte Windhorst kniff ein Auge zusammen, als wolle er zielen, doch nun wirkte er zum ersten Mal nervös. Christoph richtete sich auf. Er wollte zu dem Alten gehen und zu der schmalen Gestalt, einige Schritte hinter ihm, die sich immer noch nicht gerührt hatte.

Leonie stürzte an ihm vorbei zu Max, und auch Rüdi bewegte sich plötzlich. Er hielt seine Hände über das Feuer, als wolle er sich wärmen, aber Christoph ahnte, dass er sich irgendwie mit Ole verständigt hatte. Ein Motorengeräusch lag plötzlich in der Luft. Jemand war in den Wald gefahren. Der Motor erstarb. Eine Autotür schlug zu, eine Sekunde später eine zweite.

Als wäre das ein Signal, griff Rüdi ins Feuer und zog blitzschnell einen langen, brennenden Ast heraus, den er in Windhorsts Richtung schleuderte. Gleichzeitig bückte Ole sich nach der Pistole, die zwischen Christoph und ihm auf dem Boden lag.

Ein schriller Schrei erklang. »Vorsicht!« Dieser Schrei sollte den alten Windhorst warnen, und er kam von einem kleinen ängstlichen Jungen. Eindeutig. Mark war hier, er war die schmale Gestalt am Rande der Lichtung.

Christoph spürte, wie eine ungeheure Erleichterung ihn durchflutete, doch zugleich registrierte er, dass Ole, der nun die Pistole in der Hand hielt, sich langsam aufrichtete. Mit einem Sprung war er bei ihm. Noch einmal erklang Marks panische Stimme. Ein Schuss dröhnte über die Lichtung. Hatte Ole geschossen? Nein, wohl nicht. Leonie schrie ebenfalls auf, und dann hatte sich Christoph auch schon auf Ole gestürzt und riss ihn von den Beinen. Die Pistole – wo war die Pistole? Ein zweiter Schuss zerfetzte ihm beinahe das Gehör. Diesmal hatte Ole gefeuert und in den Boden geschossen. Eine Sekunde später umklammerte Christoph dessen rechte Hand und biss ihn mit einer solchen Kraft ins Ohr, dass Ole vor Schmerz aufschrie und die Waffe fallen ließ.

Als Christoph keuchend aufblickte, Ole im Klammergriff unter sich, sah er, dass der alte Windhorst noch immer dastand und seine Waffe in der Hand hielt. Er war also nicht getroffen worden. Hinter ihm waren zwei uniformierte Polizisten mit gezückten Pistolen auf die Lichtung getreten, während Rüdi sich abgewandt hatte, um in den Wald zu fliehen. Drei, vier schnelle Schritte gelangen ihm, mit eingezogenem Kopf, als erwarte er, dass

Windhorst auf ihn schießen würde. Doch kein Schuss erklang. Rüdi hatte die ersten Bäume fast erreicht. Dann jedoch, als sein rechter Fuß an Trollers Gedenkstein hängen blieb, geriet er ins Straucheln und stürzte mit einem harten, hässlichen Geräusch zu Boden.

23

Als Christoph erwachte, spürte er die klirrende Kälte, die in der Nacht in das Haus gezogen war. Draußen wurde es hell. Die ersten zaghaften Sonnenstrahlen fielen herein. Mark lag neben ihm und schlief mit offenem Mund. Er sah selbst im Schlaf noch erschöpft aus, aber er war unversehrt geblieben. Sein Atem ging ruhig.

Erst gegen ein Uhr morgens waren Christoph, Mark, Leonie und Moritz, den sie aus dem Anhänger befreit hatten, ins Haus zurückgekehrt. Nach den zwei Polizisten war noch ein Mannschaftswagen mit Blaulicht und Sirene in den Wald gekommen. Zehn Uniformierte mit Helmen und Schlagstöcken hatten sich sofort über Ole und Rüdi hergemacht, ihnen Handfesseln angelegt und sie in den Wagen verfrachtet. Für Max hatte man eine Ambulanz gerufen, die jedoch erst zwanzig Minuten später eingetroffen war.

Christoph hatte Mark die ganze Zeit im Arm gehalten und kein vernünftiges Wort herausbekommen. Erleichterung und Erschöpfung hatten ihm Tränen in die Augen getrieben. Auch Leonie war einem Zusammenbruch nahe gewesen. Ein Sanitäter hatte ihre Schramme am Kopf versorgt, und obschon Max ihr verzweifelt zurief, sie solle ihn begleiten, war sie auf der Lichtung geblieben.

Die zwei Uniformierten hatten Fotos gemacht und Spuren gesichert. Vor allem die Reste des Heroins auf dem Boden hatten sie interessiert. Gestenreich hatte der alte Windhorst ihnen erklärt, was geschehen war. Ihm schien die Aufregung am wenigsten ausgemacht zu haben.

Dann hatte Christoph dem einen Polizisten ein paar persönliche Angaben und eine kurze Aussage machen müssen.

Der alte Windhorst war ihr Retter gewesen. Mark war auf dem Hauptweg zurückgegangen, von Apfel zu Apfel, wie er stolz verkündet hatte, und dann war ihm der alte Mann mit einer Taschenlampe begegnet. Aber warum Windhorst überhaupt um diese Zeit im Wald gewesen war, darüber hatte Christoph nichts erfahren.

Leise erhob Christoph sich. Aus dem Wohnraum unten drang kein Laut zu ihm herauf. Leonie schlief also auch noch.

Langsam näherte er sich der Tür zu Annas Arbeitszimmer. Auf der Schwelle blieb er stehen und blickte hinein. Leere atmete ihm entgegen, Abwesenheit, und doch hatte er zum ersten Mal das Gefühl, Annas Tod wirklich begriffen und akzeptiert zu haben. Dieses Zimmer für sich und zum Gedenken an Jolanthe und Troller einzurichten, dazu war sie nicht mehr gekommen. Christoph würde das selbst tun müssen. Fotos aufhängen, das Tagebuch lesen und danach einem Experten übergeben oder einem Verlag.

Vorsichtig, als würde er etwas Heimliches tun, näherte

er sich dem Regal und zog eines der Bücher heraus. Er besah sich Trollers Foto auf der Rückseite – ein schweigsamer, in sich gekehrter Mann schaute zurück. »Auf deinem Totenstein habe ich gesessen«, flüsterte Christoph ihm zu.

Als er das Buch zurückstellen wollte, flatterte ein Papier heraus und segelte zu Boden. Noch ein Brief, erkannte Christoph. Er war dreimal gefaltet worden.

Paris, den 3.1.1970

Lieber Hans,

ich hoffe, es geht Dir gut. Ich schreibe Dir aus einer kleinen Pension an der Gare du Nord. Ich weiß, daß Du traurig bist, weil ich gegangen bin, aber … wir haben etwas Großes und Schönes erlebt. Das darfst Du nie vergessen. Doch nun ist es mir zu still und einsam mit Dir geworden. Und wenn man jemanden liebt, dann muß man ihn auch gehen lassen können. Und wer weiß, vielleicht führen unsere Wege uns wieder zueinander. Ich werde morgen bei einem berühmten Opernregisseur, einem Deutschen, der in der Resistance gewesen ist, vorsingen und bin schon ganz aufgeregt. Die Bühne hat mir gefehlt. Ich übe den halben Tag, so sehr, daß sich meine Nachbarn, ein Pärchen aus Brest, schon beschwert haben. Na, ich habe sie zu einem Glas Rotwein eingeladen. Wenn ich die Rolle bekomme, mußt Du mich auf jeden Fall besuchen.

Denke daran, was wir uns geschworen haben. Unsere Liebe wird immer da sein – auch wenn wir nicht mehr da sind.

Deine
Jolanthe

Christoph hörte, wie die Tür zum Bad geöffnet und geschlossen wurde, dann rauschte Wasser. Jolanthe – sie hatte Anfang Januar noch nicht gewusst, dass Troller sich umgebracht hatte. Rasch legte Christoph den Brief in das Buch und stellte es zurück. Wie ertappt kam er sich vor, als Mark in der Tür stand. »Ich habe von Sonja geträumt. Wo ist sie wohl?«, sagte er.

Christoph musste lächeln. Sogar der erste Gedanke, den Mark am frühen Morgen hatte, gehörte dem Schwein. Und das, nachdem er die aufregendste Nacht seines Lebens hinter sich gebracht hatte.

»Sonja ist im Wald – bei den Wildschweinen. Wahrscheinlich fühlt sie sich wohl unter ihresgleichen«, erwiderte Christoph, obwohl er keine Ahnung hatte, ob sich ein Hausschwein mit Wildschweinen verstand.

»Glaube ich nicht«, entgegnete Mark und rieb sich die Augen.

Christoph ging zu ihm und küsste ihn auf die Stirn. »Ich gehe hinunter und mache den Kamin an. Dann können wir frühstücken.«

Mark nickte. »Hoffentlich passt Mama wirklich auf Sonja auf«, sagte er.

Das Feuer im Kamin war irgendwann in der Nacht heruntergebrannt. Leonie lag unter zwei dicken Decken auf dem Sofa und schlief. Nur ihre blonden Haare waren zu sehen. In der Nacht hatte sie nicht allein in ihr Haus zurückkehren wollen. Moritz lag zu ihren Füßen und rührte sich gleichfalls nicht. Auch ihn hatten die Vorkommnisse der Nacht verstört.

Leise machte sich Christoph daran, das Feuer zu entzünden, dann schlich er in die Küche hinüber und kochte Kaffee.

»Heute ist Heiligabend«, sagte Leonie. Sie stand plötzlich mit einem müden Lächeln neben ihm. Sie trug eine alte Trainingshose, die Anna gehört hatte, und ein weißes T-Shirt. »Und wir können uns freuen, dass wir noch leben. Ihr habt mich gerettet. Vielleicht hätten die Kerle mich umgebracht.« Moritz schob sich neben sie und wedelte mit dem Schwanz, als müsse er jedes ihrer Worte unterstreichen.

»Ich mache uns einen Kaffee«, erwiderte Christoph. »Und dann müssen wir wohl packen. Marks Großeltern warten auf uns.«

»Nein!«, rief Mark von der Treppe aus. »Bevor Sonja nicht wieder da ist, können wir nicht wegfahren.« Er hatte nur ein Hemd und eine Unterhose an und fror so sehr, dass er zitterte. »Und außerdem will Leonie mit uns Weihnachten feiern. Stimmt's, Leonie?«

Leonie sagte nichts, doch dann, nach einem kurzen Zögern nickte sie. »Wäre schön, wenn ihr noch einen Tag bleiben könntet.«

Nach dem Frühstück fuhren sie zu Leonies Laden. Alles sah unverändert aus. Die Tür des Mercedes stand noch immer offen, und im Haus war augenscheinlich auch niemand gewesen.

»Wenn ich ehrlich bin, habe ich gar keine richtigen Kunden«, sagte Leonie; es klang beinahe wie eine Entschuldigung. »Ich bin total pleite.«

»Aber wenigstens hast du Strom«, sagte Mark und lächelte.

»Ja«, sagte Leonie. »Dafür hätte ich deinem Vater eigentlich danken müssen, aber na ja … ich war plötzlich nicht mehr so gut gelaunt.«

Das Foto des Babys, fiel Christoph ein, es war ihr Kind gewesen, ein Kind, das sie gemeinsam mit Max gehabt hatte.

Mark lief zur Wiese voraus. Insgeheim, begriff Christoph, schien er zu hoffen, dass Sonja zu ihrem Stall zurückgelaufen war. Aber nur Luisa, die alte Kuh, und die drei Schafe tummelten sich auf der schneebedeckten Wiese. Neugierig und froh, einen Menschen zu sehen, trabten sie heran.

Leonie streichelte Luisa, und dann ging sie in den Stall und holte einen Ballen Stroh heraus, den sie den Tieren hinwarf.

»Keine Sonja«, sagte Mark niedergeschlagen. »Wird sich Sonja mit den Wildschweinen verstehen?«

»Klar«, erwiderte Leonie, aber auch sie wirkte enttäuscht, dass ihr Schwein nicht da war. »Sonja ist klug, sie wird schon zurechtkommen. Keine Sorge.«

Mark hielt den Schafen ein wenig Stroh hin, das sie ihm dankbar aus der Hand fraßen. Trotzdem sah er unglücklich aus. Die Anstrengungen der Nacht hatte er überraschend gut verkraftet, er hatte auch keine Fragen gestellt. Er hatte nur wissen wollen, ob der Mann, der angeschossen worden war, sterben würde, aber da hatte Christoph ihn beruhigen können.

»Ist es dir recht, wenn wir zusammen Weihnachten feiern?«, fragte Leonie so leise, dass Mark es nicht hören konnte. »Irgendwie habe ich mich ja beinahe selbst eingeladen.«

Christoph nickte. »Ja, es ist mir sehr recht.« Dann berührte er sie am Arm. »Dieses Kind auf dem Foto – es war dein Kind, nicht wahr?«

Leonie wandte den Kopf ab und starrte über die Wiese. »Es ist gestorben – der plötzliche Kindstod –, als es sechs Monate alt war. Max und ich haben das nicht verkraftet. Ach« – sie machte eine abfällige Handbewegung und schaute Christoph wieder an –, »er war eigentlich immer ein Idiot. Ich weiß gar nicht, wie ich an ihn gekommen bin.«

Später, nachdem sie den Tieren auch noch frisches Wasser hingestellt hatten, warteten Christoph und Mark am Auto, während Leonie sich im Haus umzog und ein paar Dinge zusammenpackte. Mit einer Tasche und dem zerschundenen Weihnachtsbaum stand sie dann in der Tür. Sie lächelte, als sie Christophs Miene sah. »Zum Fest gehört ein Weihnachtsbaum – unbedingt.«

»Ja«, rief Mark, »aber Sonja … Sonja gehört auch dazu.«

Sie banden den Weihnachtsbaum mit zwei Seilen auf dem Dach fest, und dann fuhren sie zum Anna-und-Jolanthe-Haus zurück. Christoph bemerkte, dass Mark voller Konzentration aus dem Fenster blickte, in der Hoffnung, eine Spur von Sonja zu entdecken.

»Woher kennst du eigentlich die Geschichte von Troller und der Sängerin?«, fragte er Leonie.

Sie hielt ihr Mobiltelefon in der Hand. Eine SMS war eingegangen.

»Max«, sagte sie und deutete auf das Handy. »Er ist in der Nacht operiert worden. Er schreit nach mir – wie ein kleines Kind.«

»Und?«, fragte Christoph.

»Er ist ein Idiot«, erwiderte Leonie. Sie streichelte Moritz, der sich vor ihr zusammengekauert hatte. »Die Geschichte von Troller und der Sängerin kennt jeder im Dorf. Meine Großmutter … ich glaube, sie war auch in Troller verliebt. Sie war die Haushälterin des Pfarrers, nachdem ihr Mann gestorben war. Manchmal hat sie Troller etwas zu essen gebracht, obwohl er im ›Judenhaus‹ wohnte. Der Pfarrer mochte Troller nicht. ›Der Mann aus dem Judenhaus‹ – so hat er ihn genannt.«

»Bist du hier aufgewachsen?«, fragte Christoph. Sie fuhren an Windhorsts Hof vorbei. Der Weihnachtsbaum an der Zufahrt erstrahlte in hellem Licht, aber niemand war zu sehen.

Leonie schüttelte den Kopf. »Nein, aber in den Ferien

war ich immer bei meiner Großmutter im Pfarrhaus. Es war wie ein Sehnsuchtsort. Vielleicht habe ich auch deshalb hier meinen Laden aufgemacht, als es mit der Schauspielerei nichts geworden ist.«

»Du wolltest Schauspielerin werden?«

»War so eine blöde Idee von mir. Max war eigentlich auch Schauspieler, aber er hat immer irgendwelche seltsamen Geschäfte nebenbei gemacht.« Leonie lächelte matt. »Wir waren einfach zu schlecht. Ja, deshalb haben wir wohl nie ein richtiges Engagement bekommen.«

Noch eine SMS ging bei ihr ein, die sie jedoch nicht beachtete.

Sie luden den Weihnachtsbaum ab, der auf der kurzen Fahrt erneut gelitten hatte. Dann fiel Christoph ein, dass sie überhaupt keinen Schmuck für den Baum besaßen.

»Ich habe ein paar Kerzen mitgebracht«, erklärte Leonie.

»Und wir können die Äpfel in den Baum hängen, die wir in den Wald gelegt haben«, sagte Mark. Für ein paar Momente tauchte er aus seinem Schweigen auf, in das er wieder verfallen war. »Mama hat auch immer Äpfel und Orangen in den Baum gehängt.«

Christoph nickte. Die Kehle schnürte sich ihm zu, wenn er an Anna dachte. Und er hatte ihren Eltern immer noch nicht gesagt, dass sie nicht mit ihnen Weihnachten feiern würden. Annas Mutter hatte schon dreimal angerufen, aber nie hatte er das Gespräch angenommen.

Während Leonie und Mark den Baum im Wohnraum,

drei Schritte neben dem Kamin, aufstellten, erklärte er Annas Vater kurz, was in der Nacht vorgefallen war und dass sie noch ein bis zwei Tage bleiben wollten.

»Wenn ihr wollt, könnt ihr aber gerne zu uns kommen«, fügte er hinzu, als er die Kühle und Enttäuschung am anderen Ende der Leitung spürte.

»Nein«, erwiderte Annas Vater, »dieses verdammte Haus werde ich niemals betreten. Man hätte es am besten abgerissen. Das habe ich auch Anna oft gesagt.« Nach einem kurzen Gruß an Mark legte er auf.

Annas Vater wusste also Bescheid – er kannte die Geschichte von Troller und seiner Mutter. Gab er dem Schriftsteller die Schuld, dass Jolanthe sie verlassen hatte? Vermutlich.

Die karge Fichte sah mit fünf Äpfeln und sechs gelben Kerzen eher wie ein Kunstwerk denn wie ein Weihnachtsbaum aus. Leonie jedoch schien er zu gefallen. »Ich habe noch ein paar Fotos von meinen Tieren gefunden«, sagte sie. »Die können wir auch noch in den Baum hängen.«

»Auch von Sonja?«, fragte Mark.

»Klar!« Leonie holte eine kleine Dose aus ihrer Tasche. »Von Sonja, Luisa, Moritz und den Schafen Rita, Will und Schmidt.«

Ein paar Minuten später hatte sie mit Marks Hilfe die Fotos so präpariert, dass man sie an die Äste hängen konnte. Glücklich strahlte Leonie. »Solch einen Weihnachtsbaum hat bestimmt niemand.«

»Bestimmt nicht«, stellte auch Mark fest. Er blickte

das Foto von Sonja an. Christoph wusste, was er dachte, und wunderte sich, dass er die Frage, die ihn die ganze Zeit bedrückte, noch nicht ausgesprochen hatte.

»Können wir Sonja nicht suchen gehen? Solange es noch hell ist… Sie muss doch irgendwo da draußen sein. Wahrscheinlich friert sie und hat Hunger. Sie ist doch kein Wildschwein.«

Leonie schaute Christoph fragend an.

»Wir können nachher einen kleinen Spaziergang machen«, entschied er, »aber wir werden nicht durch den ganzen Wald laufen.«

Nichts – von Sonja war nichts zu sehen, während sie am Waldrand entlanggingen. Leonie hatte sich bei Christoph eingehakt. Es gefiel ihm, sie neben sich zu wissen. Mit einem Lächeln registrierte er, dass Mark heimlich ein wenig von dem Trockenfutter für Sonja eingesteckt hatte und dann und wann einen Brocken fallen ließ, als könne er sie so aus dem Wald locken.

Es wurde dunkel, als sie zum Haus zurückkehrten. Leonie hatte sogar an das Weihnachtsessen gedacht – sie hatte ein Fondueservice sowie Käse und Brot mitgebracht. Kein Festessen, aber immerhin etwas Besonderes, was auch Mark gefallen würde.

Geschenke allerdings… Sie hatten keine Geschenke. Christoph hatte den Gedanken an Geschenke für Mark immer beiseitegeschoben. Nun würde er mit leeren Händen dastehen. Er hatte nichts für seinen Sohn, nicht die simpelste Kleinigkeit.

Schweigsam und plötzlich bedrückt näherten sie sich dem Haus. Jeder schien seinen Gedanken nachzuhängen. Christoph blickte Mark an. Erschöpft sah der Junge aus. Wie viel Angst musste er gestern gehabt haben, allein im Wald. Und dann die Schüsse und der Überfall der Wildschweine …

»Wenn wir wollen, können wir gleich das Essen machen«, sagte Leonie. Sie bemühte sich, tatendurstig zu klingen.

Christoph nickte.

»Und dann machen wir Bescherung«, fügte Leonie hinzu. »Ich habe ein paar Geschenke – nichts Großes.«

»Wir brauchen keine Geschenke«, erklärte Mark tonlos.

Während Christoph und Leonie ins Haus gingen, um das Fondue vorzubereiten, blieb Mark draußen im Hof. Christoph überlegte, ihn zu ermahnen, ja nicht in den Wald zu laufen, um Sonja zu suchen, doch dann entschied er sich dagegen. Mark war klug, er wusste, dass er sich nicht noch einmal allein auf die Suche machen durfte. Mit dem Eimer Trockenfutter lief er über die schneebedeckte Wiese und legte eine breite Spur aus.

»Er denkt, dass Sonja wirklich den Weg zurückfindet«, sagte Leonie.

»Ja, er hat die Hoffnung noch nicht aufgegeben.«

Sie schwiegen. Aus dem alten Radio klang Weihnachtsmusik. Vor einem Jahr war Anna noch da gewesen. Sie hatte zwar schon von der Krankheit gewusst, aber sie hatte ihnen nichts gesagt. Es war ein harmonisches Weihnachtsfest gewesen.

»Tote«, begann Leonie plötzlich, »manchmal wollen Tote einem etwas mitteilen, egal ob sie mit sechs Monaten oder als Erwachsene gestorben sind.«

»Ja?« Christoph sah sie lauernd an. »Was wollen Tote einem denn mitteilen?« Kam jetzt irgendeine esoterische Weisheit, die er nicht gebrauchen konnte?

»Dass man das Leben feiern muss«, erwiderte Leonie leichthin und begann den Tisch zu decken.

Auf der Wiese hatte Mark seine Spur fertig ausgelegt, erkannte Christoph, doch er kam immer noch nicht ins Haus, obwohl es zu schneien begonnen hatte und nun, nach Sonnenuntergang, deutlich kälter geworden war. Mark hatte aus dem Auto eine alte Decke geholt, die er über den verwitterten Holzzaun warf, der die Wiese vom Hof trennte.

»Was tut er da?«, fragte Leonie. Im Haus roch es mittlerweile nach Käse und warmem Brot.

»Er hat die rosafarbene Decke über den Zaun geworfen, um Sonja anzulocken«, entgegnete Christoph. »Seine Mutter hat ihm einmal eine Geschichte über Schweine erzählt. Dass Schweine immer fröhlich grunzen und glücklich sind, weil sie die ganze Welt in Rosa sehen.«

»Ein schöner Gedanke«, sagte Leonie, »und vielleicht stimmt er sogar.«

24

Eine halbe Stunde später saßen sie am gedeckten Tisch. Es war warm und heimelig. Die Kerzen am Weihnachtsbaum brannten, und wenn man nicht so genau hinschaute, wirkte er gar nicht mehr so karg und krüppelig. Leonie bemühte sich redlich, die Stimmung aufzuhellen; sie erzählte von ihren Erlebnissen im Pfarrhaus ihrer Großmutter, wie sie auf Schweinen geritten war und sich einmal sogar mit einem leibhaftigen Fuchs angefreundet hatte, aber Mark hockte mit bleicher Miene da und sagte kein Wort. Immerhin aß er mit einigem Appetit von dem Käsefondue.

Christoph hatte Leonie und sich Rotwein eingeschenkt. Er versuchte, auch ein paar heitere Geschichten zu erzählen, doch irgendwie hatte jedes Erlebnis mit Anna zu tun – wie sie das Haus gefunden hatte, von ihrer Begeisterung, es einzurichten –, sodass er es bald vorzog, Leonie die Unterhaltung zu überlassen. Außerdem hatten all diese Geschichten inzwischen einen faden Beigeschmack. Anna hatte ihm nie die Wahrheit über das Haus erzählt – warum sie es gekauft hatte. Wieso hatte sie Troller und Jolanthe niemals erwähnt? Insgeheim glaubte er die Antwort zu kennen: Es hätte ihn nicht sonderlich interessiert. Er hatte seine Agentur gehabt, er war voller Ideen für neue Kampagnen gewesen und hatte unaufhörlich darüber nachgedacht, wie er weitere Kunden gewinnen konnte. »Du bist in einem fürchterlichen Wettrennen«, hatte Anna häufiger zu ihm gesagt.

Nicht einmal Moritz, der sich zu Marks Füßen niedergelassen hatte, weil er da am ehesten mit einem Stück Brot oder Käse rechnen konnte, vermochte es, Mark aufzuheitern.

Doch als der Hund plötzlich aufbellte, rannte Mark zum Fenster und starrte hinaus.

»Sonja!«, rief er. »Vielleicht kommt sie …«

Im nächsten Moment klopfte es schwer an der Tür. Enttäuscht wandte Mark sich vom Fenster ab.

Der alte Windhorst stand in seiner Trapperkluft vor der Tür. Er hielt einen großen Korb vor sich hin.

»Für die Überlebenden«, sagte er mit einem spöttischen Funkeln in den Augen. »Etwas zu Weihnachten.«

Christoph wäre dem alten Mann am liebsten um den Hals gefallen. »Kommen Sie herein!«

Windhorst lächelte. »Erst wollte ich mich ja als Weihnachtsmann verkleiden, aber dann …« Er suchte Marks Blick. »Dann dachte ich: Nee, der Junge ist zu groß und zu klug, um noch an den Weihnachtsmann zu glauben.«

Christoph nahm dem Alten den Korb ab. Eine Flasche Rotwein, Kekse, Schokolade und Orangen entdeckte er.

Amüsiert warf Windhorst Leonie einen Blick zu. Offenbar wunderte er sich über ihre Anwesenheit.

»Na«, sagte er, »heute keine Geschäfte gemacht?«

Leonie winkte ab. »Sie kommen ja auch nie, dabei habe ich das beste Brot in der Gegend.«

Der alte Windhorst zog seinen Fellmantel aus und setzte sich. Christoph holte ein drittes Glas und schenkte ihm ein. Während Mark am Fenster Position bezogen hatte, prosteten sie sich zu.

»Zwei Kommissare waren bei mir«, erklärte der alte Windhorst. »Offenbar hat der Bruder von dem einen Kerl …«

»Von Max«, warf Leonie etwas verschämt ein.

Windhorst grinste. »Kann sein. Na, jedenfalls hat der wohl als Drogenkurier gearbeitet und versucht, was auf die Seite zu schaffen. Er ist dann wegen einer anderen Sache in den Knast gewandert, doch da fingen die Probleme erst an. Dieser Albaner – oder wie der heißt – hat selbst im Knast seine Leute. Es würde diesem Bruder schlecht ergehen, hat man gedroht, wenn er die Drogen nicht zurückgeben würde.«

»Aber er hatte sie hier vergraben. Deshalb ist Max auf die Idee gekommen, Sonja klauen zu lassen«, ergänzte Leonie.

»Eine wirklich grandiose Idee – zumindest bis die Wildschweine kamen.« Der alte Windhorst trank sein Glas aus und blickte zum Fenster, wo Mark auf einem Stuhl kauerte. »Scheint so, als sei das Schwein immer noch verschwunden.«

»Ja, Sonja ist nicht wieder aufgetaucht.« Christoph schenkte dem alten Windhorst nach. »Wieso waren Sie eigentlich gestern Abend im Wald?«, fragte er. »Machen Sie das öfter – einfach so durch die Dunkelheit laufen?«

»War ein Glücksfall. Sonst hätte die Sache übel ausgehen können, aber solche Burschen machen mir keine Angst. Mein Vater war Jäger. Ich kenne mich mit Waffen aus.« Der alte Windhorst trank wieder. »Außerdem war es doch eine gute Idee, sie mit den Luftballons zu verwirren, oder nicht? Die hatte ich eigentlich für meine Enkel gekauft.«

Christoph musterte ihn. Die wesentliche Frage hatte der Alte nicht beantwortet. Was genau hatte er im Wald gesucht?

Sie schwiegen für einen Moment. An dem Weihnachtsbaum waren die ersten Kerzen heruntergebrannt.

»Es ist schön, dass Sie das Haus behalten wollen.« Windhorst schaute sich um. »Dieses Haus war immer etwas Besonderes. Ich mochte Troller, auch wenn er wenig geredet hat und oft sehr unfreundlich war.«

»Sie haben ihn gekannt?«, fragte Leonie.

»Ja, er hat mir sogar ein paar Dinge beigebracht. Was ein Sonett ist, zum Beispiel. Und ab wann man Äpfel essen darf, ohne Bauchschmerzen zu kriegen. Oder was der Unterschied zwischen Juden und Christen ist. Ach, viele Sachen … Zweimal haben wir zusammen geangelt, aber da ist er wütend geworden, weil ich nicht absolut still sein konnte. Das ist über fünfzig Jahre her. Damals war ich noch Schüler. Und später …«

Windhorst verstummte abrupt. Für ein paar Momente war lediglich das Prasseln des Feuers im Kamin zu hören.

Mark starrte noch immer aus dem Fenster.

»Später sind wir in Verbindung geblieben. Ich habe ja studiert, bevor ich zurückgekehrt bin, nicht lange, aber dann …«

»Was dann?«, fragte Leonie neugierig. Alle Geschichten aus dem Dorf hatte ihre Großmutter ihr wohl nicht erzählt.

»Am Abend vor seinem Tod bin ich hier gewesen. Ich habe Landwirtschaft studiert – und Philosophie, eigentlich wegen ihm. Er hatte mir von Plato erzählt, Höhlengleichnis und so. Faszinierende Gedanken hatte er …« Windhorst räusperte sich. Auf einmal wirkte er verlegen. »Ich spreche nicht gern darüber, eigentlich nie. Na, an diesem Abend jedenfalls hat Troller mir eine komische Geschichte vorgelesen. Von schwarzen Vögeln, die seltsame Lieder singen, von Gesichtern, die gar nicht wirklich existieren, sondern die man nur nachts im Traum sieht. Als er am nächsten Tag nicht da war, habe ich ihn gesucht.«

Moritz war unter dem Tisch eingeschlafen. Im Schlaf jaulte er leise vor sich hin und bewegte die Beine, als würde er davonrennen wollen.

»Und dann?«, fragte Leonie wieder.

»Es war schon dunkel, es regnete – eine unwirkliche Atmosphäre. Ich habe die Musik gehört, die durch den Wald schallte. Eine wunderschöne Stimme, die eine Arie sang. ›La Momma morta‹. Wirklich wunderschön! Da habe ich gleich gewusst, was los ist.«

»Sie haben ihn gefunden«, sagte Christoph atemlos.

Der alte Windhorst nickte. »Er hatte sich eine Kugel in den Kopf geschossen und lag mit offenen Augen da. Genau an der Stelle, wo wir später den Gedenkstein aufgestellt haben. Es war der größte Schock in meinem Leben. Ich glaube, danach hat mich nichts mehr so erschüttert.«

Mark war auf seinem Stuhl zusammengesunken. Sein Kopf ruhte auf der Fensterbank. Christoph hatte keine Ahnung, ob er ihnen zuhörte.

»Deswegen war ich gestern im Wald. Ich war auf dem Weg zum Stein. Der Jahrestag… Jedes Mal am 23. Dezember bin ich an dem Stein und halte meine Gedenkminute.«

»Warum haben Sie das Haus dann nicht gekauft?«, fragte Christoph. »Wenn Sie Troller so nahe waren?«

»Das hätte ich nicht gekonnt. Und außerdem…« Windhorst blickte auf seine Armbanduhr und lächelte. »Außerdem hätten es meine Frau und meine Kinder nicht zugelassen. War schon besser, dass Anna das gemacht hat.« Er seufzte. Wie er den Namen »Anna« aussprach, verriet, dass sie sich gut gekannt hatten. Auch davon hatte Christoph nichts gewusst. Er hatte gleichfalls keine Ahnung gehabt, dass der alte Windhorst Kinder hatte. Bisher hatte er ihn immer für einen einfachen Bauern gehalten, aber das gehörte ebenso zu den Irrtümern, denen er aufgesessen war, wie vieles andere.

»Fröhliche Weihnachten!«, sagte der alte Windhorst. Er erhob sich. »Meine Enkelkinder warten auf mich – es sind zwei. Sie sind ein wenig jünger als Mark. Ich habe versprochen, zur Bescherung zurück zu sein. Und dann muss ich noch meine Tricks mit den Luftballons zeigen. Habe zum Glück ein paar zurückbehalten.«

»Wir haben auch gleich Bescherung.« Leonie erhob sich ebenfalls.

Windhorst blickte wieder zu Mark hinüber. »Bei der Kälte wird ein Schwein im Wald wahrscheinlich nicht überleben«, raunte er Christoph zu. »Ich habe Pferde. Kommen Sie morgen mal vorbei. Vielleicht mag Ihr Sohn ja auch Pferde.«

»Ja, vielleicht«, erwiderte Christoph mutlos.

Der alte Windhorst verschwand, und Mark ließ sich immerhin zu der kleinen Bescherung an den Tisch zurücklocken.

Leonie musste in Windeseile ein paar Geschenke verpackt haben. Christoph bekam eine Kerze aus Bienenwachs und drei kostbar aussehende Bleistifte, und für Mark hatte sie eine Rolle Kekse und ein rosafarbenes Plüschschwein, das er aber sofort beiseitelegte, nachdem er es ausgepackt hatte.

»Das ist nur ein Ersatz«, sagte Leonie hilflos. »Es soll dich an Sonja erinnern – so lange, bis sie wieder da ist.«

»Mich braucht nichts an Sonja erinnern«, erwiderte Mark. Wenig später fragte er, ob er ins Bett gehen dürfte.

Christoph nickte ihm lediglich zu. Er überlegte, ob er ihm folgen und ihm noch eine Geschichte erzählen sollte, aber dann entschied er sich dagegen.

Mit Leonie trank er noch ein Glas Wein. Sie erzählte ihm von ihrer Schauspielerei, von den Träumen, die sie gehabt hatte, und er konnte sich überwinden, von Anna zu sprechen und davon, wie sie das Haus gefunden hatte.

»Sie war eine ganz besondere Frau«, sagte Leonie.

»Du hast Anna gekannt?« Christoph glaubte für einen Moment, sich verhört zu haben.

Leonie lächelte. »Ja, sie hat gelegentlich bei mir eingekauft. Und einmal habe ich sie sogar zu Sonja mitgenommen und ihr Sonjas Geschichte erzählt.«

»Was?« Nun war Christoph vollkommen verblüfft. »Anna ist bei Sonja gewesen?«

»Nur einmal, und sie hat mir sogar etwas Geld für Futter dagelassen.«

Als Christoph aufwachte, war es noch dunkel. Es war erst halb zwei in der Nacht, erkannte er mit einem flüchtigen Blick auf seine Armbanduhr. Er hatte allenfalls zwei Stunden geschlafen. Nachdem sie eine zweite Flasche Rotwein geleert hatten, waren auch er und Leonie schlafen gegangen.

Was nur hatte ihn geweckt?

Er lauschte. Nichts war zu hören, nicht einmal Marks ruhige Atemzüge. Er tastete nach dem Jungen, doch das Bett neben ihm war leer.

Und dann hörte er es. Aufgeregte, freudige Rufe und ein lautes Grunzen.

Vom Fenster des Schlafzimmers aus blickte Christoph auf die Wiese hinunter. Der Schnee reflektierte das wenige Mondlicht, aber was dort unten geschah, war gut zu sehen: Ein Schwein lief umher, mit wehenden Ohren und dem Rüssel ganz dicht über dem Boden, um jeden Brocken Trockenfutter zu finden, der dort lag. Und hinter dem Schwein lief ein Junge, barfuß und in eine rosafarbene Decke gehüllt, und versuchte, das Tier irgendwie zu fassen zu kriegen. Sonja grunzte laut ihren Protest hinaus, weil nichts, nicht einmal ein aufgeregtes Kind, sie von ihrem Fressen abbringen sollte. Doch das tat Marks Freude keinen Abbruch.

Wie ein seltsamer Tanz sah es aus – ein Schwein und ein Junge tanzten in dem zarten Schneelicht um sich selbst.

Plötzlich stand Leonie neben ihm. Sie war aus dem Kinderzimmer gekommen, wo sie geschlafen hatte. Sie legte Christoph den Arm auf die Schulter. Er roch ihr Haar.

»Ein Wunder«, hauchte sie. »Das ist wie ein Wunder!«

»Ja«, flüsterte Christoph.

»Sonja ist wieder da! Mama hat Sonja zurückgebracht!«, rief Mark, nachdem er Christoph und Leonie am Fenster entdeckt hatte, und dabei warf er seine Hände in die Höhe, als wolle er einen Gruß in den Himmel senden.

Nachbemerkung

Diese Weihnachtsgeschichte ist pure Fiktion. Das Weihnachtsschwein Sonja ist eine Erfindung. Allerdings hat es bei der Polizei Niedersachsen tatsächlich ein Schwein als Suchtier für Rauschgift und Sprengstoff gegeben. Das Wildschwein Luise (5. Juli 1984 – 18. April 1998) stand von 1984 bis 1987 einem Diensthundeführer zur Seite, der das Tier als drei Wochen alten Frischling bei sich aufnahm und ausbildete. Die Bache war weltweit das einzige Schwein, das jemals bei einer Polizei Dienst tat. Luise wurde unter der Bezeichnung »Spürwildschwein« geführt. Viermal kam das Schwein zum Einsatz, zweimal wurde es fündig. Als ihr Ausbilder pensioniert wurde, quittierte auch Luise den Dienst.

Kennen Sie schon den Schweinekrimi *Saubande* von Arne Blum?

978-3-442-37479-3

Kim führt ein recht unbekümmertes Leben auf dem Hof von Robert Munk, einem gefeierten Maler, und dessen Freundin und Muse Dörthe. Doch dann, mitten in der Nacht, fällt Munk Kim buchstäblich vor die Füße: In seinem Rücken steckt ein Messer, und er schafft es eben noch, ihr ein letztes Wort – Klee – zuzuhauchen, bevor er stirbt. Ein Mord in ihrem Stall? Kim ist erschüttert. Zusammen mit dem verwegenen Lunke, der Kim seit Tagen schöne Augen macht, folgt sie ihrem Riecher – und wühlt dabei einen allzu menschlichen Bodensatz aus Habgier, Erpressung und Mord auf …

»Eine wunderbar schräge Story … Tierisch gut.«
Petra

1

»Man müsste etwas aus seinem Leben machen«, sagte Kim leise vor sich hin. »Fliegen lernen – zum Beispiel fliegen lernen.« Lag es an dem vollen Julimond, der durch die kaputte Fensterscheibe fiel, oder an dem Duft von frischem Gras, dass ihr so seltsam zumute war? Oder lag es daran, dass sie sich verliebt hatte? Nein, sie hatte sich nicht verliebt, überhaupt nicht. Sie fand ihn, den Schwarzen, nur … interessant, weil er so anders war. Was würde er wohl davon halten, wenn sie ihm etwas vom Fliegen vorschwärmen würde? Wie wäre das – Wolken berühren und den vorlaut krächzenden Raben hinterherjagen?

»Wieso fliegen lernen?«, quietschte die kleine Cecile. »Wie kommst du darauf, fliegen zu wollen?« Sie war die Jüngste von ihnen und besonders neugierig. Nie war man vor ihr und ihren Fragen sicher.

»Wir können nicht fliegen«, sagte Che mit seiner ewig mürrischen Stimme. »Die Verhältnisse sind nicht so. Erst müssten sich mal die Verhältnisse ändern. All das Elend, die Ausbeutung … Anständiges Fressen für alle – das wäre ein Anfang!«

»Könnt ihr nicht endlich die Klappe halten?«, knurrte Brunst. Er hatte die Augen geschlossen, kaute aber immer noch an einem welken Kohlkopf herum, den er vor den anderen in Sicherheit gebracht hatte. »Ich will schlafen. Bei eurem ewigen Gerede wird einem ja ganz schwindlig.« Dann rülpste er laut und drehte sich auf die Seite.

Kim rückte ein Stück von den anderen ab. Es war ihr zweiter Sommer, nein, eigentlich der dritte, an den ersten konnte sie sich jedoch nicht mehr erinnern. Der Mond wanderte ein Stück weiter, er fiel auf einen Flecken Stroh und dann auf Doktor Pik. Er war der Älteste von ihnen, nicht ihr Anführer, sie brauchten keinen Anführer, aber wenn er etwas sagte, dann galt es. Che hatte einmal gemeint, dass Doktor Pik schon hundert Jahre alt sei – ein Fossil gewissermaßen. Nun, Che übertrieb meistens, aber es stimmte, dass Doktor Pik vor allen anderen da gewesen war. Deshalb konnte ihn auch nichts mehr aufregen. Meistens schlief er irgendwo auf ihrer Wiese unter einem der fünf Apfelbäume. Einmal hatte Kim ihn dabei ertappt, dass er Wolken zählte oder ihnen zumindest nachsah.

»Was ist nun mit dem Fliegen?«, quengelte Cecile und schob sich mit ihrem rosigen Rüssel an Kim heran. »Meinst du, man kann es lernen? Kannst du es mir beibringen?«

»Ich glaube nicht«, sagte Kim. »War nur so ein Gedanke.«

Sie schloss die Augen, aber sie konnte nicht einschlafen. Der Schwarze ging ihr nicht aus dem Sinn. Groß und allein hatte er dagestanden und zu ihr herübergeschaut. Er hatte nach feuchten Blättern und leicht modrigem Wasser gerochen.

Plötzlich hörte sie eine aufgeregte Stimme aus dem hinteren Teil des Hauses, da, wo Robert Munk und Dörthe wohnten. Gelegentlich kam einer von beiden nachts noch zu ihnen herein – las etwas oder rauchte oder stand einfach nur da. Kim tat dann immer, als schliefe sie. Munk setzte sich meistens auf ihr Gatter und steckte sich eine Zigarre an, ein großes unförmiges Ding. Der Gestank hing zwar bis in den nächsten Tag in der Luft, aber irgendwie gefiel er Kim. Nichts sonst, das sie kannte, roch so scharf und würzig wie diese Zigarre.

Mit einem lauten Krachen wurde die Tür aufgerissen. So ungestüm kamen sonst weder Munk noch Dörthe herein. Kim richtete sich auf und blickte zur Tür hinüber.

In dem Licht, das durch die geöffnete Tür fiel, sah sie, dass Munk taumelte. Unsicher setzte er einen Schritt vor den anderen. Dabei murmelte er etwas vor sich hin, das sie nicht genau verstehen konnte. Es klang wie »Nein, niemals«.

Er hatte die kleine Lampe, die neben der Tür hing, nicht angeschaltet, und als er ihr Gatter erreichte, merkte sie, dass er anders roch als gewöhnlich, nicht nach scharfem Tabak oder frischer Farbe. Die Hand, die er auf das hölzerne Gatter legte, war voller Blut.

Einen Moment blickte er Kim in die Augen, so als würde ihm endlich klar werden, dass sie ihn verstand.

Seine Wangen, die mit einem kurzen, grauen Bart überzogen waren, spannten sich wie unter einer großen Anstrengung, und der schmale Mund formte ein Wort. Kim richtete ihre Ohren auf und kniff die Augen zusammen. Die Borsten auf ihrem Rücken sprangen in die Höhe, so angespannt lauschte sie. Was sagte Munk da, und wieso war seine Hand blutig? Sie wagte jedoch nicht, einen Schritt näher zu gehen, als könnte das Mondlicht, in dem sie stand, sie beschützen.

»Klee«, formte Munks bleicher Mund. Ja, dieses Wort kannte sie – kaum etwas mochte sie lieber als saftigen grünen Klee, der leider auf ihrer Wiese nirgendwo mehr wuchs, weil Brunst ihm den Garaus gemacht hatte.

Dann würgte Munk, und ein Blutschwall drang über seine Lippen. Mit einer ungeschickten Bewegung öffnete er das Gatter und kippte nach vorn. Er schwankte, sein Mund öffnete sich erneut, Blut quoll heraus, färbte seine Zähne tiefrot, er sank auf die Knie und fiel wie ein Sack mitten hinein in ihren Pferch.

Es geschah alles so schnell, dass Kim nur laut aufschnauben konnte. Warum tat Munk das? Noch nie war er nachts in ihren Pferch gekommen, geschweige denn dass er auf die Knie gesunken war. Schnell trat sie einen Schritt zurück. Ihr Kopf zuckte voller Panik in die Höhe. War da noch jemand? Wo war Dörthe? In der Tür tauchte ein Schatten auf, der aber sofort wieder verschwand, bevor sie ihn genauer fixieren konnte.

Munk, der Maler, lag im Mondlicht da. Den Kopf hatte er gedreht, als wollte er Kim anschauen. Sein

Mund formte keine Worte mehr, kein Hauch kam über seine Lippen. Seine bärtigen Wangen waren grau und eingefallen. Er war immer schon recht mager gewesen, aber nun wirkte er sterbenskrank.

Dann entdeckte Kim, dass ein Messer mit einem riesigen schwarzen Griff aus seinem Rücken ragte. Ihr Herz begann so laut zu schlagen, dass es ihr in den Ohren dröhnte.

»Mausetot«, grunzte Che, der plötzlich neben ihr auftauchte. »Ermordet – unser werter Herr und Meister.« So gehässig sprach er oft über Munk.

Kim spürte, dass sie zu zittern begann.

»Ich weiß auch schon, wer es war«, fuhr Che ungerührt fort und begann an dem Messer zu schnüffeln, das in Munks Rücken steckte. »Nur Kaltmann bringt so etwas fertig, der Schlächter aus dem Dorf.«

2

Sie legte sich direkt vor Munk, um ihn zu beschützen. Die Neugier der anderen hatte sich schnell gelegt; jeder war kurz vorbeigekommen, hatte einen Blick auf Munk geworfen und ratlos vor sich hin gegrunzt. Nur Doktor Pik hatte nichts von sich gegeben. Kim aber saß der Schrecken noch immer in den Gliedern, und sie wusste, dass sie nicht tun konnte, als wäre nichts geschehen. Menschen starben nicht einfach so, mit einem langen Messer im Rücken, und schon gar nicht jemand wie Munk. Auch wenn Che immer etwas anderes behauptete, wusste Kim genau, dass Munk ihr Retter gewesen war. Wären er und Dörthe nicht gewesen, wären sie alle längst an jenem dunklen Ort gelandet, wo die meisten ihrer Artgenossen endeten: im Schlachthaus.

Bei dem Gedanken schüttelte sie sich und kroch noch etwas näher an den toten Munk heran. Im Mondlicht sah sie, wie er sich veränderte, wie sein Gesicht eine andere Färbung annahm. Der Blutgeruch stieg ihr in die Nase, und ihr wurde übel. Dann versuchte sie sich auf das Messer zu konzentrieren, es ragte aus seinem groben grauen Flanellhemd, das sich mittlerweile hässlich rot gefärbt hatte. Auch an dem Griff klebte ein bestimmter Geruch, doch sie konnte nicht sagen, wonach er roch.

Unvermittelt tauchte Brunst neben ihr auf. Mit seinem massigen Körper versuchte er, sie zur Seite zu drängen. »Wir könnten ihn fressen«, sagte er. »Jetzt – auf der Stelle. Das wäre mal was ganz anderes.« Er beugte sich vor und schnüffelte Munks blutige Hand ab, die er von sich gestreckt hatte, als wollte er auf etwas deuten.

»Verzieh dich!«, giftete Kim ihn an und stieß ihn in die Seite.

Brunst kicherte leise. »War nur Spaß«, sagte er und wandte sich ab. Zum Glück war er satt und müde. Sonst wäre ihm alles zuzutrauen gewesen.

Kim legte sich so, dass sie die anderen im Auge behalten konnte. Cecile war eingeschlafen und hatte sich ins Stroh gekuschelt. Che schnarchte leise und zuckte manchmal mit den Hinterläufen. Der helle Streifen auf seinem Fell, der ihn von den anderen unterschied und auf den er so stolz war, leuchtete im Mondlicht. Brunst rührte sich nicht, genauso wenig wie Doktor Pik, aber bei ihm war Kim sich nicht sicher, ob er sie nicht insgeheim beobachtete.

Gleichzeitig lauschte sie auf Geräusche aus dem Haus. Wo war der Schatten, den sie in der Tür gesehen hatte? Und wo war Dörthe? Müsste sie nicht kommen und merken, dass mit Munk etwas ganz und gar nicht in Ordnung war?

Eigentlich war Dörthe ihre Retterin. Kim erinnerte

sich genau. Sie waren zwanzig gewesen, zwanzig rosige Hausschweine auf einer engen Ladefläche, die sich aneinander rieben. Sie hatten Angst gehabt, und als eines von ihnen angefangen hatte, laut zu schreien, hatten es ihm alle gleichgetan, doch es hatte nichts genutzt. Niemand kümmerte sich um sie, nicht einmal Wasser hatte man ihnen gegeben. Dann aber war der Boden unter ihnen ins Schlingern geraten. Sie wurden hin und her geworfen und stürzten übereinander. Ein lautes Krachen, das gar nicht enden wollte, folgte. Kim hatte vor Panik die Augen geschlossen und den Atem angehalten. Ihr Herz hatte so schnell geschlagen, dass es wehtat. Als sie die Augen wieder öffnete, war der Himmel über ihr gewesen, ein blauer, riesiger Himmel, wie sie ihn noch nie gesehen hatte. Schnell war sie dem Himmel entgegengekrochen, vorbei an den anderen, die tot oder ohnmächtig dalagen. Was war passiert? Das riesige stinkende Gefährt, in das man sie gepfercht hatte, lag auf der Seite. Menschen liefen aufgeregt umher, Motoren heulten. Was sollte sie tun? Sie lief weiter auf den blauen Himmel zu, obwohl ihr Kopf schmerzte, sprang über einen schmalen Graben, über dem Mücken tanzten, rannte und rannte, und schließlich versteckte sie sich, als sie vor Anstrengung kaum noch Luft bekam. Dort, in dem Gebüsch, machte sie sich ganz klein und sah den Vögeln zu.

Und da hatte Dörthe sie gefunden und mitgenommen – irgendwann später. Dörthe, die Frau mit den roten Haaren und den starken Händen, hatte sie einfach in den Arm genommen und weggetragen. Ihr hatte sie auch ihren Namen zu verdanken – Kim, so wie Dörthes Lieblingspuppe geheißen hatte.

Als Kim ihre Augen wieder öffnete, war es hell. Sie lag auf der Seite, hinter ihr zwitscherten Vögel. Verdammt, sie war doch eingeschlafen. Munk hatte sich nicht gerührt. Nun aber konnte sie erkennen, dass er sie ansah – mit starren, weit aufgerissenen Augen. Ein furchtbarer Blick, irgendwie fragend und vorwurfsvoll. Sie schüttelte sich. Dann bemerkte sie etwas anderes. Noch jemand blickte sie an – dunkle, braune Augen, die über das Gatter starrten. Die Augen musterten sie unfreundlich, als wäre Kim schuld an Munks Tod, und zwischen den Augen stieg eine schmale, übel riechende Rauchsäule auf.

Haderer – er war gekommen. Wie gewöhnlich tanzte eine Zigarette zwischen seinen Lippen.

»Großer Gott«, sagte er und stieß die Luft aus. Dann schien er nachzudenken, jedenfalls rieb er sich über sein stoppliges Kinn und runzelte die Stirn unter seiner lockigen, ewig ungekämmten Mähne.

Ein Stück entfernt regte sich jemand; sie hörte Brunsts tiefes wohliges Schnauben. Die anderen schliefen noch, aber gewiss würden auch sie gleich erwachen.

»Hol mich der Teufel«, murmelte Haderer. Offenbar hatte er zu Ende gedacht. »Der Kerl liegt tot bei den Schweinen.«

Dann drehte er sich um und ging ziemlich unaufgeregt davon. Nur dass er die Tür nicht hinter sich schloss, war ungewöhnlich. Darauf hatte Munk bei Dörthe und Haderer immer Wert gelegt. »Macht die Tür hinter euch zu! Ich kann nicht arbeiten, wenn es im ganzen Haus nach Schweinen stinkt!«

Am Anfang war Kim über diesen Ausspruch beleidigt gewesen. Nun würde Munk nie wieder so etwas sagen.

Wenig später kehrte Haderer zurück. Er rauchte eine neue Zigarette und schlug mit der Faust gegen das Holz des Gatters. »He, Saubande!«, rief er. So nannte er sie immer. »Aufstehen! Gleich kommen die Bullen!«

Wieso kommen gleich Bullen? fragte Kim sich. Was sollten die hier? Sie konnte Haderer nicht leiden, aber wenn Dörthe nicht da war, kümmerte er sich um sie. Er war der Gehilfe. Er fütterte sie, mähte das Gras, arbeitete im Garten, schnitt Bäume, und sogar um Munks stinkendes Auto, das er Jeep nannte, kümmerte er sich. Nur eines durfte er nicht: auch nur einen Fuß in den Raum setzen, in dem Munk malte.

Haderer klopfte noch einmal gegen das Holz, Cecile quiekte im Schlaf auf, und dann kletterte er über das Gatter und öffnete die Tür zur Wiese.

»Raus mit euch!«, rief er. »Faule Bande.« Im Vorbeigehen versetzte er Kim einen Tritt, damit sie ja nach draußen lief, und stieß auch Doktor Pik mit dem Fuß an. Nur an Brunst traute er sich nicht ohne weiteres; ihn traktierte er am liebsten mit dem Spaten oder mit einem langen Stock. »Raus!«, wiederholte er. »Man sollte euch alle schlachten! Aber das wird man nun sowieso bald tun!« Er lachte und beugte sich über Munk. Richtig traurig schien er jedenfalls nicht zu sein, was Kim merkwürdig fand. Zu Munk war er eigentlich freundlich gewesen, meistens jedenfalls, nur hinter dessen Rücken hatte er manchmal leise geflucht.

Langsam richteten sich die anderen auf und folgten ihr auf die Wiese, erst Che, der ihr mürrisch einen Gruß zugrunzte, dann die kleine Cecile, die verschlafen blinzelte, dann Brunst, der laut gähnte. Zuletzt kam Doktor Pik, schweigsam wie immer.

»Was sollen wir tun, jetzt, wo Munk tot ist?«, fragte Kim und sah die anderen an.

Brunst gähnte wieder. »Ich suche mir erst mal was zu fressen«, sagte er uninteressiert und trabte davon. Cecile lief ihm nach. Frühmorgens war die einzige Zeit, wo sie nicht ständig vor sich hin plapperte.

»Ist mir alles egal«, meinte Che. »Ein Tierquäler weniger. Gibt immer noch mehr als genug.«

Doktor Pik schaute sie an. »Wir müssen auf der Hut sein«, sagte er geheimnisvoll.

Kim nickte. Sie spähte in den Stall hinein. Von hier aus waren nur die Füße von Munk zu sehen. Sie waren schmutzig und nackt. Das hatte sie vorher gar nicht bemerkt.

Dann hörte sie eine laute Sirene, dann noch eine, und wenig später fielen lauter Menschen auf dem kleinen Hof ein, Menschen, keine Bullen.

Während die anderen sich über die Kartoffelschalen und die alten Brotkanten hermachten, die Haderer ihnen achtlos hingeworfen hatte, verzichtete Kim auf ihr Fressen und legte sich auf die Lauer. Sie wollte den Stall nicht aus den Augen lassen. Zwei Menschen in weißen Anzügen, die nach nichts rochen, beugten sich über Munk, fotografierten ihn und stellten merkwürdige kleine Schilder auf. Sie sprachen leise und ohne jede Aufregung miteinander.

Später kam der erste Mann, der nicht weiß war. Er verscheuchte die Menschen in den weißen Anzügen und ging neben Munk in die Knie. Er flüsterte etwas in einen kleinen silbernen Apparat hinein, das Kim nicht verstehen konnte, und gelegentlich warf er ihr einen verstohlenen Blick zu, als wäre sie ein Raubtier, vor dem er sich in Acht nehmen müsste.

Ein zweiter Mann trat hinzu, der viel jünger und dünner war, und tippte dem Älteren auf die Schulter. »Hauptkommissar Ebersbach«, sagte er, dann drehte er sich um und deutete auf Kim. »Das Schwein da beobachtet Sie – irgendwie merkwürdig, oder nicht?« Er lächelte, er hatte winzige, braune Zähne und wirkte überhaupt nicht fröhlich.

»Lass mich in Ruhe, Kroll«, knurrte Ebersbach. »Habe ich schon längst bemerkt. Wieso hat der Tote eigentlich Schweine gehabt?«

»Künstler und ihre Marotten – wahrscheinlich war es das«, erwiderte der Mann, der Kroll hieß. Er hatte eine dicke Brille, hinter der seine Augen riesengroß aussahen, und einen hässlichen dürren Schnauzbart.

Langsam erhob sich Ebersbach. Er war so dick, dass

sich die Jacke über seinem Bauch spannte. Die Haare standen ihm wie graue Stacheln vom Kopf ab, und seine Augen wirkten traurig und finster. Kim spürte, wie er sie anstarrte, während er auf sie zuging. Dann griff er plötzlich nach der Forke, mit der Haderer immer ihren Pferch saubermachte, und hielt sie mit gestreckten Armen vor sich.

»Ich kann Schweine nicht ausstehen«, rief Ebersbach über die Schulter dem anderen Mann zu. »Jedenfalls nicht, wenn sie lebendig sind.«

Kim erhob sich. Was soll das?, dachte sie. Ich bin doch nicht schuld, dass Munk tot daliegt. Ein paar Sonnenstrahlen fingen sich auf den Zinken der Forke und blitzten gefährlich. Kim wusste, wie scharf das Metall war. Haderer hatte Brunst einmal einen Schlag damit verpasst.

Ebersbach schnaufte, er bewegte sich ungelenk. Sein Bauch wackelte über seiner braunen Hose hin und her.

Dann stach er tatsächlich zu, und hätte Kim nicht einen Satz zur Seite gemacht, hätte er sie in die rechte Flanke getroffen.

Kroll, der andere Mann, lachte lauthals auf, während sie voller Angst über die Wiese lief.

»Siehst du«, sagte Che, als Kim hinter ihm Schutz suchte. »Die Menschen sind alle Verbrecher.«

Sie roch den Schwarzen, bevor sie ihn sah. Wonach roch er? Nach Erde, tiefer, schwarzer Erde, nach Blättern, dunklem Dickicht, und nach Moder – wunderbar nach

Moder, als hätte er sich irgendwo im Morast gesuhlt. Er konnte das, er war hinter dem Zaun, da, wo der Wald lag und das Feld, auf dem jetzt die braunen Halme standen.

Nachdem Ebersbach sie verjagt hatte, hatte Kim die letzten Kartoffelschalen gefressen, die von den anderen verstreut liegen gelassen worden waren. Die kleine Cecile war quiekend zu ihr gekommen, hatte angefangen, von Munk und dem scharfen Messer zu sprechen. Che habe erzählt, alle Menschen hätten solche Messer, und früher oder später würde jeder von ihnen sie benutzen …

Kim hatte die Kleine nur böse angegrunzt und hatte ihr einen Stoß mit dem Rüssel versetzt, was sie noch nie getan hatte.

Dann war sie über die Wiese zum Haus gelaufen, aber nicht zum Stall, sondern zur Vorderseite, vorbei an den beiden riesigen Fenstern, hinter denen Munk fast jeden Tag gemalt hatte.

Früher hatte das Gatter manchmal offen gestanden, dann hatten sie alle über die Pflastersteine auf dem Hof laufen können. Einmal war Kim sogar auf dieser Seite ins Haus vorgedrungen, durch den Eingang, den die Menschen immer nahmen, bis hin zu Munks Atelier. Er hatte sie nicht bemerkt, und sie hatte sich absolut still verhalten, auch wenn der Geruch ihren Rüssel gepeinigt hatte. Was war das nur – grauenhaft! Da rochen selbst die Autos nicht so schlimm. Robert Munk malte Bilder, die vor allem groß waren – groß und bunt.